徳間文庫

泥棒猫ヒナコの事件簿

あなたの恋人、強奪します。

永嶋恵美

徳間書店

目次

泥棒猫貸します

1

広告と呼ぶには奇妙な文面だった。

『あなたの恋人、友だちのカレシ、強奪して差し上げます』

大手プロバイダーの運営する登録制女性専用サイトである。手軽な携帯サイト、しかも書き込み自由の掲示板ではあるが、文面を掲載した者の会員番号がきちんと表示されるし、怪しげなものや明らかに悪戯《いたずら》とわかるものはすぐに削除される。

もっとも、不要品交換やメル友募集の名を借りた客集めくらい、当たり前のように行われている。露骨でない広告・勧誘ならば決してめずらしくはない。

いつもなら、こんなタイトルに目を留めることなどなかった。どうせ新手の勧誘だと素通りしてしまわなかったのは、精神的に参っていたからだろう。

　おまけに、タイトルのみならず書き込みの中身まで見てしまった。どうかしている、と買い換えたばかりの携帯電話を手につぶやく。

『あんな女が幸せになるなんて許せないと思っているあなた。別れたいのに別れさせてくれない、しつこい恋人にお悩みのあなた。ぜひ一度、お電話ください』

　別れさせ屋の類《たぐい》だろうか。高額の料金でカップルを別れさせる裏稼業があるという。女性週刊誌でそんな記事を読んだことがあるし、テレビで見た覚えもある。

『基本料金は十万円です。特急料金五万円より、保証期間延長二万円より、アフターケア付き三万円より、他各種オプションあり。契約前に見積書を発行いたします。なお、クーリングオフは適用されません』

　特急料金というのは、おそらく「強奪」に至るまでに要する時間を短くすることに違いない。が、保証期間というのは何だろう。アフターケアとか、各種オプションとかいうのも気になる。いやいや、あからさまに怪しい文章ではないか。気にかけてはならない。

『まずはお電話ください。当社システムについて、懇切丁寧にご説明いたします。

オフィスＣＡＴ』

ＣＡＴ？　そのまま「猫」の意味なのか、何かの略なのか……。セールスの類にしては風変わりな書き込みだった。

電話をしてみようと思ったのは、誰でもいいから助けて欲しかったからだ。携帯電話ではなく、「０３」で始まる固定電話の番号にも幾ばくかの安心感を覚えた。これがＩＰ電話の「０５０」だったら、ためらったかもしれない。

それでも、用心のために自分の携帯電話は使わなかった。コンビニで十円玉を大量に両替して、電話ボックスに入った。公衆電話を使うのなんて、何年ぶりだろう。

『はい、オフィス・キャットです』

男が出たら、即刻電話を切るつもりだったが、若い女の声だった。

『初めての方ですか？　掲示板をご覧になったんですよね』

「はい……」

『それでは、当社のシステムをご説明いたします』

まるで通販会社のオペレーターのように、よどみのない話し方だった。新興宗教かも、という考えが脳裏をかすめる。

『当社は、穏便に別れたい方、何らかの目的をもって他のカップルを別れさせたい方のために、特定の男性を合法的に強奪して差し上げるサービス業務を行っております』

早い話が別れさせ屋ですかと問うと、相手の女性は違うと答えた。

『別れさせ屋は、恋愛関係や夫婦関係を破綻《はたん》させることを目的としていますが、私どもの目的は、あくまで恋人なりご主人なりを横取りすることです』

どのカップルも険悪な事態に陥るものの、いったん別れた後、よりを戻すケースも少なくないらしい。

『泥棒猫派遣業、とでも申しましょうか』

昼メロの中でしか出てこないような言葉をリアルで耳にするとは思わなかった。

「泥棒猫……ですか」

『ええ。別れさせるのではなく、横取りが主な業務ですから』

なるほど、それで「オフィスＣＡＴ」だったのかと納得する。

『基本料金は十万円、これは所要時間その他の指定が全くない場合の料金です。たとえば、三日以内に強奪して欲しいというご依頼には、特急料金を別途いただきます』

これは予想どおりだ。だとしたら、アフターケア、保証期間といった言葉は何を意味しているのだろう。そう問うと、

『アフターケアは、ターゲット……強奪した男性のことですが、彼が元の恋人なり妻とよりを戻そうとしたとき、それを妨害するというオプションです。保証期間は、そういった事態が発生しないよう、こちらで責任をもって対処させていただく期間のことです。これは原則として二週間で、一週間延長ごとに二万円加算させていただきます』

「それじゃあ、とりあえず別れさせてもらうだけなら、十万円だけでいいってことですか」

十万円くらいなら、どうにでもなる。いや、こんな怪しい話に乗って、十万円を捨てる羽目に陥《おちい》ってもいいのか。すぐに電話を切ってしまえと理性は命じたが、今の状況よりは怪しげな宗教団体で洗脳されてしまったほうがまし、という考えがそれを抑えつけた。

『ご予算が十万円でしたら、その範囲内でできる限り効果的な手段をとらせていただきます。いずれにしても、一度、面談を行っていただいて、見積書をお出しします』

面談？　明後日か明々後日辺りに直接会ってそれから、ということか。……遅い。それでは遅いのだ。

「特急料金、払います。すぐにお願いしたいんです」

『特急料金をいただくのは、着手から強奪完了までの所要時間が三日以内の場合です。依頼から強奪完了までの所要時間ではありませんので』

わかりましたと答えたものの、すでに聞く気はなかった。

「面談……でしたっけ。今からじゃだめですか」

バッグから携帯電話を取り出し、液晶画面を見る。午後八時四十二分。今からでは無理だと言われるだろうか。が、案に相違して、かしこまりましたという返事が返ってくる。

『今、どちらにいらっしゃいますか。答えにくいようでしたら、十五分以内に移動可能な駅名を教えてください』

「渋谷……です」

『それでは、渋谷駅南口の宝くじ売場前にスタッフを向かわせます。赤いセルフレームの眼鏡に、髪型は三つ編みが三本ですから、すぐにおわかりになると思います』

三本の三つ編みを頭から生やした女を思い浮かべてみる。それなら間違いようはないだろうが、声をかけるのに勇気が要りそうだ。

『お客様の服装や目印は敢《あ》えてお尋ねしませんので、そちらから声をかけていただけますか』

黙って逃げ帰っても構わないということか。そう思うと、少し気が軽くなった。

『ミナミヒナコという者が参りますので、名前をご確認の上、面談に入ってください』

「ミナミ……?」

『ヒナコです、ミナミヒナコ』

それでは十五分後に、と最後まで感じの良い受け答えで電話は終わった。

2

渋谷駅南口はハチ公前ほどではないものの、見知らぬ相手と待ち合わせをするには人が多い。しかし、赤いセルフレームの眼鏡をかけて、三つ編みのお下げを左右と後ろに垂らした女など、一人しかいなかった。おまけに眼鏡のフレームはやたらと太く、遠くからでもはっきりと目に付いた。

彼女が一人きりであること、周囲にヤクザ風の男がいないことを確認した上でも、近づくには勇気を要した。髪型だけでなく、セーラーカラーの真っ白なブラウスに、シュガーピンクの吊《っ》りスカートは目立ち過ぎる。秋葉原あたりで配布用のティッシュやプラカードを持って立っている分には問題ないのだろうが、ここは渋谷、それも駅前である。

おまけに、足許《あしもと》には服装とは不釣り合いなナイロン製のスポーツバッグが置かれている。それが彼女の姿を一段と浮き上がらせていた。

それでも声をかける気になったのは、ここまで異様な風体であれば、むしろ詐欺や恐喝といった犯罪に巻き込まれる可能性は低いように思えたからだ。犯罪を企《くわだ》てる者は、もっと人目に付きにくい服装を心がけるに違いない。もっとも、カルト宗教の信者は妙な格好をしているものらしいが。

「ミナミヒナコさんですか」

はい、と答える声は思いのほか可愛《かわい》らしい。遠目では二十代前半だろうと思ったが、間近に見ると十代でも通用しそうな顔だった。

「事務所にお電話をくださった方ですね。とりあえず、どこか話をしやすい場所に移動しましょう」

そう言いながら彼女は眼鏡を外し、スポーツバッグのポケットに押し込んだ。手にしていたベージュ色のコートを羽織ると、巨大なバッグを肩に担ぎ上げる。二つ編み三本は隠しようがないし、スポーツバッグも野暮《やぼ》ったかったが、コスプレイヤーのような服さえ見えなければ、目立つほどの格好ではない。

路線バス乗り場を横切って、向かいの東急プラザまで歩き、ほぼ満席状態のティールームに入ったが、もう誰も彼女を見ようとはしなかった。

「これが私の個人情報です」

皆実雛子、と書かれた名刺大のカードが目の前に差し出された。その下には、携帯電話の番号、血液型と生まれ星座、出身地などが記されている。

「お名前をうかがってもいいですか」

ウェイトレスと呼ぶよりも女店員という呼称のほうがぴったりくる中年女性が去ってしまうと、雛子はそう言ってにっこりと笑った。

「早川梨沙《はやかわりさ》です」

「年齢、おいくつですか」

「二十五です」

「お勤め？　学生さんかと思いました」

雛子は、意外そうにつぶやいた。

「強奪して欲しいのは、誰ですか。友だちの彼？」

「今、つき合ってる彼です」

「ああ。別れたいんですね。彼の名前を教えていただけます？」

「伊東英之《いとうひでゆき》」

「どんな字ですか」

藤でなくて東の伊東、英語の英に、ひらがなの「え」に似た漢字、と説明する。

「わかりました。それじゃ、くわしい事情をお聞かせ願えますか。そうですね、梨沙さんと英之さんとの馴《な》れ初《そ》めあたりから」


英之と知り合ったのは、勤務先だった。英之は、梨沙の勤める不動産屋に客としてやって来た。学生寮の退寮期限が三日後だから、すぐにでも入居できるアパートを探して欲しい、そう言って駆け込んできた。三月の終わりだった。

年度末という時期が悪かったのと、三日後に引っ越しというとんでもない条件がついていたせいで、物件探しは困難を極めた。が、社会人になってちょうど一年め、仕事への熱意と力量がほどよく釣り合う時期だった梨沙は、あちこちに電話をかけまくり、残業までした末に、なんとか退寮期限に間に合うように、築二十年のアパートを見つけてやった。

その一週間後、郷里の母親が送ってきたという菓子折持参で英之がわざわざ礼を言いにやって来た。それればかりか英之はその日、梨沙の勤務が終わるのを店の外でじっと待っていた。

菓子折を渡しついでに「お茶でも飲みませんか」と言われたら、あっさり断っていたに違いない。しかし、店の外で何時間か待った挙げ句の誘いである。むげに断ることはできなかった。

何より、そんなふうに誰かを待たせた経験が梨沙にはなかった。待ち合わせで遅れそうになったり、相手がなかなか来なかったりしても、携帯電話で連絡をつければいいのだ。待ったり待たせたりする必要などない。

すでに四月とはいえ、夜はまだ寒く、英之はしきりとくしゃみをしていた。それがまた、梨沙の心を捉《とら》えた。こうして、四歳年下の大学生との交際が始まった。

英之とのつき合いは、学生時代に戻ったかのようで楽しかった。これまで年上としかつき合ったことのない梨沙には、自分で伝票を摑《つか》んで席を立つということさえ新鮮だった。

もっとも、梨沙にしても薄給の社会人二年生、いつもいつも相手の分まで支払っているわけにもいかない。そんなわけで、外で会うよりもどちらかの部屋で過ごす機会が増えた。お互いの部屋の合い鍵《かぎ》を交換し合うまでに時間はかからなかった。

いつからだろう？　そんな関係が鬱陶《うっとう》しくなり始めたのは。

はっきりとしたきっかけがあったわけではない。ただ、気がついたときには、英之の存在が負担になっていた。

社会人と学生という組み合わせが悪かったのかもしれない。時間が自由になる英之と、時間に追われている梨沙と。いや、もともと梨沙には、相手をリードするという役回りは不向きだったのだ。

だから、ささいなことで諍《いさか》いになったとき、もう潮時だと思った。

「わかった。これで終わりね」

これまでにも、幾度となく同じ言葉で終止符を打ってきた。このまましばらく会わないようにして、メールも電話も断ってしまえばいい。そうこうするうちに、お互い、また次の恋が始まる。

「俺は絶対、いやだからな！」

英之から返ってきたのは、予想外の反応だった。

「これで終わり？　ふざけんじゃねえよ！」

いつもの諍いや口論のときとは違う凶暴な声だった。骨がつぶれそうなほど強い力で肩を摑まれた。心臓が縮み上がった。自分の意志とは無関係に奥歯が鳴った。

「別れるくらいなら」

おまえを殺して俺も死ぬ、という使い古された台詞《せりふ》がひどく遠くから聞こえた。顔が熱い。苦しい。

首を絞められていたのだと気づいたのは、英之の手が離れた後だった。梨沙は激しく咳《せ》き込んだ。涙と鼻水とで顔がぐしゃぐしゃになるのがわかった。

「ごめん。悪かったよ。おまえが変なこと言うからさ、つい、カッとなって」

さっきまでの凶暴さが嘘《うそ》のように優しい口調だった。いつもの英之だ。しかし、それがかえって恐怖心を倍加させた。今まで気づかなかっただけで、英之はいわゆる「キレると何をしでかすかわからない」タイプなのではないか。別れ話がこじれて殺人に至った話など、頻繁《ひんぱん》にテレビや新聞で報じられている。その中の何割かは、きっと英之のような男に違いない。

困ったことになったと思った。少しずつ距離を置いて、関係が自然消滅するのを待つのが最も安全な方法だろう。だが、それも相手が暇を持て余しているような大学生では無理だ。梨沙が帰宅すれば、必ず英之が部屋で待っているのだから。

合い鍵など渡すのではなかったと後悔したが、もう遅い。悪いことに、英之は梨沙の実家の所在地を知っている。もしも部屋を引き払って行方をくらましたとしたら、間違いなく実家に押し掛けるだろう。

本気で英之から逃げるには、職を失う覚悟も要る。実家の前にまず、勤務先に押し掛けるのはわかりきっている。

あんな出会い方をするのではなかった、どうして、つき合ってみようなどと思ってしまったのだろう、そもそも仕事が終わるまで寒空の下でじっと待っているなど粘着気質の現れではないか、なぜもっと警戒しなかったのか……。

下手《へた》に別れ話など持ち出してしまったものだから、英之との関係はますます悪化していた。他に男ができたから別れたいと言い出したのではないかと疑っているらしく、梨沙の行動を四六時中監視したがるようになった。

携帯電話の着信履歴やメールを勝手に見られたときには、梨沙も激怒した。が、怒るのは後ろ暗いことがあるからだろうと決めつけられた。何の非もないのに、顔の形が変わるほど殴られた。

それまで英之は、怒鳴ることはあっても殴ることはなかった。一度、殴ってしまったことで暴力に対する歯止めが利かなくなったらしい。その後は、何かにつけて梨沙に手をあげるようになった。

別れたい。逃げたい。いっそ警察に駆け込むべきだろうか。いや、警察などあてにできない。実際、警察がまともに取り合わなかったせいで、ストーカーや元夫に殺された例などいくらでもある。下手に英之を刺激すれば、今度こそ殺されるかもしれない……。

「それだけじゃないんでしょう？」

一息に話を終えた梨沙の顔を雛子がのぞき込んでくる。

「ただ別れたいだけだったら、明日でもいいわけですよね。今すぐにってことは、何か急ぐ理由があるんでしょう」

梨沙はうなずいた。

「昔の彼と会ってるところを見られちゃって」

なんて間が悪い、と雛子は大げさに顔をしかめた。

「でも、話を聞いた限りでは、まるっきり自由時間を与えてくれないタイプみたいでしたけど。元彼と会う時間なんて、よく作れましたね」

「偶然だったんです。彼のお祖父さんが亡くなって、秋田に帰省するからって」

「それ、いつですか」

「水曜の夜中。急に彼の実家から電話がかかってきたんです。で、翌朝早くに東京駅まで見送りに行って……」

正確に言えば見送りに「行かされた」のだ。おかげで遅刻ぎりぎりで、東京駅の構内を全力疾走しなければならなかった。それでも我慢できたのは、日曜の夜まで独りで過ごせるとわかっていたからだ。

木曜と金曜の夜は、久しぶりにのんびりと過ごした。それで土曜の夜は、仕事帰りに寄り道する気になった。そして偶然に、昔つき合っていた男と出くわした。

「何もやましいことなんてないんですよ。晩ご飯食べて、ちょっと飲みに行って、それで帰ってきたんだから」

「でも、彼って、そういうのさえ許してくれない人でしたよね」

そうなんです、と梨沙はため息をついた。

「でも、帰ってくるのは日曜の夜だったはずなのに。元彼と会ったのって土曜なんですよ。英之がいるはずないから、安心してたのに」

アパートまで送ってもらうのはさすがに抵抗があったが、駅までならいいだろうと思った。電車を降りて、ホームで「またね」と手を振ったときだった。

不意に背後から、その手を摑まれた。ぎょっとして振り返ると、いるはずのない英之だった。無我夢中で手を振り払い、英之を突き飛ばした。逃げなければ。でも、部屋には帰れない。どこへ？

咄嗟《とっさ》にホームの階段を駆け上がり、上り電車に飛び乗った。しばらくして、冷静さが戻ってくると、逃げ出したことを後悔した。後ろ暗いことをしましたと言わんばかりの行動ではないか。

逃げるべきではなかった。逃げずに「会社の人に送ってもらった」とでも言えば良かったのだ。駅のホームなのだから、人の目もある。英之だって、それほどひどいことはできない。せいぜい、部屋に戻って殴られる程度、もしかしたら帰る道すがら、なんとかなだめられたかもしれないのだ。なのに……。

「賢明な判断でしたね」

雛子の言葉に梨沙は戸惑った。どこが賢明だというのだろう。

「たぶん彼、ずっと尾行してたんだと思います。日曜の夜に帰るって言ったのは、あなたを油断させようとしたんじゃないかな。実際には、土曜の昼間とか夕方から、あなたの行動を監視してたんでしょう」

背筋が冷えた。もしもあのとき、会社の人などと言っていたら、さらなる攻撃の口実を与えていた。

「無事に逃げ出したってことは、昨日からご自宅には戻ってないわけですよね？」

梨沙はうなずいた。友人宅に泊めてもらうには遅すぎる時間だったから、昨日は渋谷の漫画喫茶で夜明かしをした。雑誌で「女性一人でも気軽に入れる漫喫」として紹介されていた店だ。

昼間は映画館の中にいた。なるべく上映時間の長いものを選んで時間をつぶしたが、いつまでもそんなことをしているわけにもいかない。明日は月曜だから仕事もある。何より疲れていた。でも、英之が待ち構えているに違いない部屋には、帰るに帰れない。

困り果てた梨沙の目に飛び込んできたのが、あの書き込みだった。あなたの恋人、強奪して差し上げます、という言葉が天から差し伸べられた救いの手に思えた。

「事情はわかりました。さっそく見積りに入りましょう」

雛子はスポーツバッグのファスナーを開けると、ボールペンと見積書を取り出した。

「今夜にでも行動を起こす必要がありますから、特急料金をいただきます。五万円ですけど、構いませんか？」

梨沙はうなずいた。払えない金額ではない。それで身の安全が買えるならむしろ安い、と思う。

「ただ、すぐに戻ってこられちゃ困るんです。できれば、そのまま別れたいんですけど。保証期間……でしたっけ？」

「今回は保証期間延長よりも、アフターケアで対応できると思います。そっちのほうが安くつきますから」

「ということは……」

「アフターケアが三万円、あわせて十八万円になります。ただ、業務遂行にあたり、依頼人から全面的な協力が得られた場合、一万円割引することになってます」

「全面的な協力って？　何をすればいいんですか」

「ターゲットと私を引き合わせるとか、口裏を合わせるとか、その程度です」

「たったそれだけ？」

「たったそれだけの協力が得られないこともあるんですよ。依頼人が絶対表に出たくない場合とか」

友だちのカレシ、という言葉が浮かんだ。確かに、自分が一枚噛《か》んでいることを知られたくないケースでは、協力したくてもできないだろう。

「というわけで、合計十七万円。今、現金はどれくらいお持ちですか」

三万と言いかけて、梨沙は二万円に訂正する。映画やら、飲食代やらで散財していたことを思い出したのである。

「それじゃ、二万円を着手金としていただきます。残りは成功報酬ということで」

「後払いでいいんですか」

「だって、何もしてないうちから大金は払えないでしょ。詐欺だったらどうしようとか、思いません？」

「私が踏み倒す可能性は考えてないんですか」

雛子は声をたてて笑った。

「そんなことしたら、私、彼に真相を暴露しますよ」

顔から血の気が引くのがわかった。

「あ、でもね、後々までそれをネタに強請《ゆす》るとか、そういうことはしませんから。その辺は心配しないでくださいね。女の人を強請っても、あんまりお金にならないし」

男なら強請るのかという疑問が脳裏をかすめたが、怖くて訊《き》けなかった。

「ちょっと待っててください。着替えてきますから」

そう言って雛子が立ち上がった。が、ふと思い出したようにスポーツバッグを抱え上げる手が止まった。

「そうそう。彼って、お酒は飲めます？」

「飲めます。酒癖悪いけど」

酔っぱらって殴られたときのことを思い出すと身震いがした。

「ドラマとかよく見るほうですか」

「あんまり見ないんじゃないかと……」

「じゃあ、漫画は？」

「そっちは好きみたい。よくコンビニで立ち読みしてるし」

「わかりました」

雛子は意味ありげに笑ったが、すぐに真顔になって言った。

「いいですか。私たちはこれから、とても仲の良い友だちになります」

　宗教の勧誘に似た胡散臭《うさんくさ》さを感じて、梨沙は思わず身構える。

「こんな女とは友だちになんかならないって思うかもしれませんけど、絶対にそれを表に出さないでください」

「これも、業務遂行上の協力なの？」

「もちろんです」

　ならば仕方がない。梨沙がうなずくのを待っていたかのように雛子は踵《きびす》を返し、トイレへと向かった。

3

　窓に明かりがついていた。英之が梨沙の部屋にいるのだ。昨日の夜からずっと居座っていたに違いない。

　ドアのノブに手をかける。施錠されていない。そっとドアを開ける。次の瞬間、悲鳴をあげそうになった。玄関先に英之が立っていた。階段を昇る足音で梨沙が帰ってきたとわかったのだろう。

不意に手首を摑まれて、部屋に引きずり込まれそうになる。

「ごめんなさい！　私のせいなんです！」

雛子が横合いから飛び込んでくる。ぎょっとした顔で英之が動きを止めた。

「梨沙は何も悪くないの。私が頼んだの。梨沙と会ってたのは、私の彼なんです！」

雛子が英之の腕にしがみついている。さっきまでの野暮ったい服装と、奇天烈《きてれつ》な髪型ではない。三つ編みの髪は緩やかなウェーブのロングヘアに、セーラーカラーのブラウスは落ち着いた色のツインニットに替わっていた。

真っ当な髪型と服装になってみると、雛子は驚くほど可愛らしい顔をしていた。その彼女が腕にすがりつき、涙まで浮かべているのだ。英之が戸惑わないはずがなかった。それでなくても、英之は見栄っ張りである。

「ごめんなさい。ちゃんと事情を説明します。場所を変えませんか」

戸惑いの表情のまま、英之がうなずく。その肩越しに部屋の中が見えた。引き出しはすべて引っ張り出され、椅子は二脚とも蹴倒《けたお》されている。扉が開きっぱなしになっている食器棚は妙にがらんとしている。きっと中身は粉々になっているに違いない。腹立ち紛《まぎ》れに英之が部屋を荒らしたのだ。

雛子のおかげで殴られずにすんだし、英之を部屋から引っ張り出すことにも成功したものの、後片づけのことを思うと憂鬱だった。

「私と彼、うまくいってなくて……。それで梨沙にいろいろ聞き出してって頼んだんです。ほら、第三者が間に入ってくれたほうがうまくいくってあるじゃないですか」

場所替えの行き先として雛子が選んだのは、チェーン店の居酒屋だった。四人掛けのテーブル席に梨沙と英之が並んで座り、真向かいに雛子が一人で座った。店内が騒がしいせいで、テーブル越しに身を乗り出すようにしないと声が聞こえない。

「梨沙って聞き上手でしょう。だから、彼の本心をうまく聞き出してくれると思ったの」

雛子と梨沙は、小学校のころからの友人ということになっている。雛子が「個人情報」を記したカードを寄越したのも、そのためだった。

「まさか、英之さんを怒らせちゃうなんて思わなくて……ごめんなさい」

上目遣いに英之を見る雛子は、同性の梨沙が見ても妙に艶《なま》めかしい。これほど露骨な仕《し》種《ぐさ》は、とてもじゃないが自分にはできないと梨沙は思う。

「それならそうと、先に一言教えといてくれれば……」

「先になんて無理無理、絶対無理。今回は、電話したときたまたま英之さんがいなかったから協力してくれただけで」

「どうして」

「英之さんがいるときに梨沙が来てくれるはずないでしょ。彼女、英之さんとつき合い初めてから、すーんごく薄情な女になっちゃったんだから」

オーバーアクションと舌っ足らずなしゃべり方。女が嫌う女の典型例だ。

「電話しても、すぐ切っちゃうし。全然遊んでくんないし。女の友情も大事にしろって、英之さんからも言ってやって」

ねえ、と甘ったれた声を出す雛子を、梨沙は啞然《あぜん》として見つめた。渋谷の喫茶店で話していたときとは別人だ。

英之もまた、ぼーっとした目で雛子を見ている。その顔が赤みを帯びているのは、アルコールのせいだけではなさそうだ。それがなぜか腹立たしい。別れたいと思っていたくせに、英之が他の女に心を動かされるのを見るのは不快だった。

なるほど、一時的に関係が悪化しても破局にまで至るカップルが半数に満たないはずである。梨沙自身、命の危険を感じていなければ、英之とよりを戻してしまうかもしれない。

ふと英之と視線がぶつかった。英之が気まずそうに目を逸《そ》らす。何か後ろ暗いことでも考えていたのか、と意地悪く考えてしまう。

「それで、その……昨日、会ってたやつから何か訊き出せたのか？」

目を逸らしたままで英之が言った。今度は梨沙が狼狽《ろうばい》する番だった。その質問に対する答えを用意していなかった。渋谷から自宅に向かう短い時間では、大雑把《おおざっぱ》な打ち合わせしかできなかった。

助けを求めようと雛子に目をやった梨沙は、目を見開いた。笑みと媚《こ》びとを辺り一面にまき散らしていた雛子が、泣いていた。演技だとわかっていても、大粒の涙がひっきりなしに頰《ほお》を伝う様子には度肝を抜かれた。

再び英之と目が合う。その困り果てた顔を見て、梨沙は自分のやるべきことを思い出した。雛子が泣いたらそれが合図、だったはずだ。梨沙はテーブル越しに手を伸ばして雛子の肩を叩《たた》く。

「とにかく飲もう。ね？　こういうときは飲むに限るのよ」

ポケットティッシュをバッグから取り出し、雛子に手渡す。

「トイレで顔洗ってきたら？　その間にお酒頼んでおくから。ビールよりサワーがいいんだよね」

折り畳んだままのティッシュで涙を拭《ぬぐ》いながら、雛子が立ち上がった。その後ろ姿が見えなくなると、英之が恐る恐る尋ねてくる。

「俺さ、もしかして悪いこと言った？」

その遠慮がちな様子は、つき合い始めて間もないころのようだ。そう、あのころは、こんなおどおどした物言いにすっかり騙《だま》されていた。

「もう修復不可能なのよ。なんかね、彼のほうにね……」

わざとらしくならないように言葉を濁し、通りすがりの店員に向かって手を挙げる。梅サワーとビールを追加注文していると、雛子がトイレから戻ってきた。

「とにかく、彼のことには触れないであげてね。お願い」

耳もとにささやくと、英之はこくこくとうなずいた。我ながらうまく言えた、と思う。名演技とまではいかないが、最初からシナリオがあるとは気づかれずにすんだ。

この後は、適当に飲み食いしていればいいと雛子は言った。あとはもう何もしなくていい、と。

実際、何もする必要はなかった。英之が一人で話す側に回り、雛子が「わあ」だの「すごーい」だのと、頭の悪そうな相槌《あいづち》を打ち続けていた。

梨沙がしたことといえば、一人でミックスナッツを齧《かじ》りながらビールをがぶ飲みして、思い出したように店員を呼び止めて追加注文をする、それだけだった。早い話が、梨沙一人が会話から取り残されていたのである。

もしも梨沙と雛子が本当に友人同士で、しかも英之と別れる気がなかったとしたら、これほど腹立たしい状況はないだろう。自分の恋愛がうまくいっていないからといって、他人の恋人に甘ったれてみせるなど、最低だ。

こんな女とは間違っても友だちにならない、そう思いかけて、梨沙ははっとする。

『絶対にそれを表に出さないでください』

雛子の台詞が耳元に蘇《よみがえ》った。ここで不愉快そうな顔をして、雛子の書いた筋書きを台無しにしてしまったら、一万円の割引が取り消されてしまうかもしれない。

今、雛子は、恋人にふたまたかけられた可哀想《かわいそう》な女なのだ。親友であるなら、同情こそすれ、不快に思ってはならない。それにしても、英之も英之だ。こんなあからさまな媚びに鼻の下を伸ばすなんて……危ない危ない。また不機嫌な顔をしてしまう。もっと普通にしていないと。

自分にそう言い聞かせながら、梨沙はひたすらビールを飲み続けた。

居酒屋を出たときには、終電ぎりぎりだった。これからどうするつもりなのだろう。居酒屋を出てからの行動については、何も知らされていない。

「飲み過ぎちゃった。英之さん、送ってくれるわよね？」

「え？　でも……」

しなだれかかってくる雛子と梨沙とを交互に見比べ、英之が当惑の表情を浮かべている。

「大丈夫。私の家ね、英之さんのアパートとけっこう近いの。先月、引っ越したのよ。梨沙はそれがいやで、英之さんを紹介してくれなかったんだよねぇ」

英之の視線が向けられているのを感じたが、梨沙は気づかないふりをした。どんな反応を示せばいいのか、わからなかったからだ。

「急がないと。終電出ちゃう。梨沙は明日、仕事でしょ。早く帰って寝なさい」

英之の腕にぶら下がるようにして、雛子が歩き出す。なるほど、と納得する。同時に、ここまでありふれた筋書きを臆面もなく演じてみせる雛子に対して、呆《あき》れるのを通り越して感心した。

「じゃあ、遠慮なく帰らせてもらうわ。明日、早番だから」

雛子が背を向けたまま、手だけを挙げる。英之が何か言いたそうだったが、構わず梨沙は踵を返した。疲れていた。とにかく手足を伸ばして眠りたかった。

4

ホームに続く階段を全力で駆け下り、停車中の電車に飛び乗った。

「走ったりして大丈夫だった？　気分悪くなったんじゃ？」

尋ねている横でドアが閉まった。

「大丈夫よ。本当はそんなに酔ってないの。梨沙のいないところで訊きたいことがあったから……」

雛子はうつむき、座りましょうと小さな声で言った。上りの最終電車は乗客が少なく、座席はがら空きだった。

「梨沙と彼、英之さんの目から見て、どんな様子だった？　もしかして、すごく仲が良さそうに見えたんじゃない？」

消え入りそうな声で言われて、英之は答えに窮した。

「やっぱり。そうよね、梨沙が浮気してるって誤解しちゃったくらいだもの」

「いや、誤解っていうか、あれは本当に俺の早とちりで……」

「ありがとう。でも、いいの」

それきり、雛子は口を開こうとしなかった。降りる駅がそれほど遠くなくて良かったと、英之は内心ほっとした。黙りこくって座っているには、三つ先までが限界だ。

泣き出しそうな横顔を見ながら、悪いのはやっぱり梨沙のほうじゃないかと、内心で毒づく。さっきまで、疑って悪かったと反省していたが、やはり自分は間違っていなかったのだ。

「黙り込んじゃって、ごめんなさい」

電車を降りると、雛子がぺこりと頭を下げた。なんて素直で可愛いのだろうと思う。梨沙と同い年には見えない。

改札口を抜けると、雛子が当たり前のように腕を絡めてくる。からかわれているのだろうか。狼狽しているのを悟られたくなくて、できるだけさりげない声を出す。

「あのさ、俺んちの近所って言ってたけど、どの辺？」

「嘘よ」

英之は驚いて足を止めた。

「先月引っ越したっていうのは本当だから、梨沙は疑ってなかったけど。全然別のとこ」

「どうして……」

「英之さんの部屋に泊めてもらおうと思ったから」

いいでしょ、と雛子は上目遣いに英之の顔をのぞき込んでくる。

「もしかして、からかってる？」

ふと浮かんだ疑念をそのまま口に出したが、次の瞬間、猛烈に後悔した。雛子が目をいっぱいに見開いていた。驚いているのではない。今にもこぼれ落ちそうな涙をこらえているのだ。雛子の両手が英之の腕から離れる。

「ごめん。悪かったよ」

雛子の手を半ば引っ張るようにして、歩き出す。子供のように小さな手だった。雛子は無言のまま、歩いている。

梨沙が悪いんだ。俺のせいじゃない。

これでお互い様だと思うと、気分が軽くなった。つないでいた手を放し、英之は雛子の肩を抱き寄せた。

一晩泊めるだけのつもりが、二晩になってしまった。その間、梨沙には全く連絡しなかった。雛子に言われるまで、忘れていた。

「実家の親が遊びに来てるからってメールしておけばいいのよ」

言われるままにメールを打った後は、また梨沙のことなど忘れてしまった。目の前の雛子に夢中になっていたのだ。

三日間、部屋から一歩も出ずに過ごし、四日めに抜けられない講義があることを思い出して大学に行った。

「ちょうどよかったわ。その間に着替えを取りに帰るから」

当たり前のように雛子は言った。また英之も、その言葉を当たり前のように受け止めた。

ほとんど上の空で授業を受け、帰る道すがら携帯を開いてみると、雛子からメールが何通か入っていた。どうやら、電車の中で送信したものらしい。こういう可愛さが梨沙にはなかった。またすぐに会うとわかっているのにメールするなど、梨沙ならば決してやらないだろう。

それだけではなかった。雛子はもうひとつ、梨沙が決してやらないであろうことをした。会社を辞めたのだという。

「三日間無断欠勤したもんだから、支店長が激怒しちゃって」

「やっぱり、まずかったかな」

「全然。これで英之といっしょにいられる時間が増えたでしょ」

喜ぶべきなのだろうか。が、何か重たいものを感じて、英之は喜べなかった。それに、梨沙のこともある。雛子とこうなってしまった以上、きちんと梨沙とは別れなければならない。それを思うと気が重い。

しかし、結果的には、英之が別れ話を切り出す必要はなかった。

「話をつけてきたの」

右の頰をわずかに赤く腫《は》らして、雛子が戻ってきたのは、ちょうど六日めだった。

「勝手に合い鍵を持ち出してごめんなさい。梨沙のアパートの鍵と引き換えに、ここの鍵を返してもらったのよ」

まさか、そこまでするとは思わなかった。しかも、その雛子を梨沙が殴りつけたらしいのも予想外だった。

知り合ってから六日。その短い間に、雛子は会社を辞め、梨沙に直談判《じかだんぱん》して英之との関係を清算させた。英之自身は指一本動かしていないというのに。女は魔物、という言葉がちらりと脳裏をかすめる。

「これで晴れて私のものね」

うれしそうにすり寄ってくる雛子に、英之は初めて畏《おそ》れに似た感情を抱いた。

5

その電話がかかってきたのは、英之からの連絡が途絶えて一カ月後のことだった。携帯電話の液晶画面に表示された番号に見覚えはない。

『梨沙？　俺……』

次に電話がかかってくるときには番号が変わっているはずだと雛子から聞かされていなかったら、ひどく驚いたに違いない。

「どうしたの。雛子とはうまくやってるんでしょ」

とげとげしい物言いになったのは演技ではない。いくら相手がプロを名乗る女とはいえ、こうもあっさりと英之が陥落するとは思わなかった。それがひどく腹立たしかったのだ。

『うまくやってるわきゃねえだろ。何なんだよ、あのストーカー女は』

「ストーカー？」

三時間で八十通、と苦り切った声で英之が答えた。

『俺がガッコ行ってる間に打ってきたメールの数。いや、正確には教室ん中にいるときなんだけどさ。お出迎えとお見送りつきだから』

そういう英之だって、梨沙の勤務中にひっきりなしにメールを打ってきたのだ。昼休みに携帯の電源を入れて、三十通近いメールのタイトルが表示されたときには、心底ぞっとしたものだった。

『電話が来るたびに聞き耳立ててやがるんだ。ぴたっと背中に貼《は》りついてさ。メールの履歴だって、いちいちチェック入れてんだぜ』

他にもこっそり持ち物を調べられただの、カッとなって包丁を振り回してきただのと、英之は延々と愚痴《ぐち》をこぼしてくる。梨沙は開いた口が塞《ふさ》がらない思いだった。自分も似たようなことをしたくせに、と内心で毒づく。

『でさ、俺、引っ越そうかと思うんだ。どこかいい不動産屋、知らないかな』

訊けば、英之は今、雛子の追跡を恐れて友人宅を泊まり歩いているのだという。それだけのことを雛子はやってのけたのだ。

『それでさ、落ち着いたら、一度ゆっくり……』

「あのね、雛子から頼まれてるのよ。英之の新しい携帯の番号がわかったら教えてほしいって」

息を呑む気配が伝わってくる。噴き出したいのをこらえて、梨沙は雛子に指示された台詞を口に出した。

「今、ここに来てるのよ。そろそろ英之から連絡がありそうだからって。恋する女のカンってすごいわね」

ぶつりと音をたてて、電話が切れた。

「基本料金十万円、特急料金五万円、アフターケア代三万円、そこから着手金二万円と割引分一万円を差し引いて十五万円。……はい、確かに」

雛子は一万円札を数えると、とんとんと端を揃《そろ》えてから封筒にしまった。人目に付く場所で大金の受け渡しをするのは危ないからと、雛子が梨沙の部屋に来ていた。

「これで、英之さんは二度と梨沙さんに近づかないと思います。万が一、何か言ってきたら、また電話してください」

英之があわてたように電話を切った翌日、ためしに同じ番号に電話してみたが、すでに契約切れでつながらなかった。雛子に知られたら大変と、すぐに番号を変更してしまったのだろう。確かに、英之がよりを戻そうとする可能性はほとんどないと梨沙も思う。

「結局、一カ月かかりましたよね。それだけ長い期間拘束されて、十七万円っていうのは割が合わないんじゃないですか」

アルバイトで食いつないでいるよりはまし、といった金額である。が、雛子は笑って頭を振った。

「ターゲットにかかりきりになっていたのは、二週間足らずです。彼、すぐにアパートに帰ってこなくなりましたから。一応、他の仕事をしながら、監視は続けましたけどね」

「監視？」

「ＧＰＳって知ってますよね。位置確認システム。ＧＰＳ機能付き防犯ランドセルとかあるでしょ。あれをちょっと改造して、彼の持ち物に仕込んだんです」

具体的な方法については、企業秘密だからと雛子は教えてくれなかった。

「梨沙さんの勤務先に押し掛けたりしたら困るでしょう？　一回だけ、あったんですよ。それで、すぐに現場に急行して。梨沙の近くで見張っていれば会えると思ったわって言ったら、真っ青になって逃げていきましたよ」

雛子はおかしそうに笑う。道理で、最後に電話してきたとき「いい物件を探してくれ」ではなく、「いい不動産屋を知らないか」という言い方をしたはずだ。

「実家に押し掛けるってこともないと思います。ほら、私と梨沙さん、出身地が同じで家も近いってことになってるから」

高校時代の友人ではなく、小学校からの友人という指示には、然《しか》るべき理由があったわけだ。

「……それにしても、安すぎるわ」

思わず梨沙はつぶやく。もちろん、利用する側としてはこの金額が上限だと思う。しかし、雛子がかけた手間や時間、好きでもない男と二週間足らずとはいえ、べったりくっついて過ごす精神的負担。それを思うと、十七万円は不当に安いのではないだろうか。

「もしも、本当にそう思うなら、お願いがあるんですけど。安いワンルームマンションを斡旋《あっせん》して欲しいんです。安いっていうか、激安の。幽霊が出るとか、隣にヤクザが住んでるとか、そういういわく付きの部屋でいいんです。次の仕事で使いたいんだけど、なかなか条件に合う部屋が見つからなくて」

「それくらいなら、お店のほうに来てもらえれば、なんとかするけど……」

どこの不動産屋でも、借り手がつかなくて困る物件をひとつやふたつ、抱えている。それを紹介するくらいたやすいことだった。しかし。

「たったそれだけでいいの?」

「たったそれだけのことでも、頼める人がいるのといないのとじゃ大違いだから。人脈は金脈なりって言うじゃないですか」

「私は金脈にはなれそうにないけど」

無理難題を押しつけられたら困る。梨沙はあわてて予防線を張った。

「難しい要求はしません。友だちにしてあげられる程度のことでいいんです。それも私が……私たちが困ったときに、ほんの少しだけ助けてもらえれば。私たちも、梨沙さんが困ったとき、また力になれると思いますから」

言われてみれば、こういう「特殊技能」を持つ知り合いが一人くらいいるのも悪くない。

「とても仲の良い友だち……」

不意に、渋谷の喫茶店での雛子の言葉が思い出された。

「そうです。女の友情っていうのも捨てたもんじゃないですよ」

雛子が笑って応《こた》える。それは、女が男の前では決して見せない種類の微笑だった。

九官鳥にご用心

1

呼び出し音が何度か聞こえた後、いきなりソファの下から耳慣れた曲が鳴り出した。隆《たか》志《し》の携帯電話だ。

手を伸ばして拾い上げる。ちょっと脇《わき》に置いたつもりが落としてしまった、そんな位置にそれは落ちていた。須藤《すどう》茜《あかね》はため息をついて、自分の携帯電話と隆志の携帯電話とを見比べた。やられた、とつぶやく。

このところ、隆志の携帯に電話を入れても連絡がとれなかったり、電源が切られていたりすることが続いていた。明らかに勤務中ではない時間帯だったにも拘《かか》わらず、である。

理由はわかりすぎるほどわかっていた。自分以外の女と会っているから、だ。最近の隆志と自分との間に漂う、重苦しくて、どこかよそよそしい気配。積み立てをしてまで資金を貯めた旅行の計画もうやむやになった。その意味がわからないほど茜は鈍感ではない。

ただ、頭でわかっているのと、納得できるのとは違う。隆志が自分以外の女と過ごすなど、到底承伏できることではない。だから、このところ毎日夜になると、隆志に電話している。少しでも邪魔をしてやりたかったのだ。

今だって、土曜の午後を楽しんでいるであろう二人への嫌がらせのつもりで電話をかけた。甘い言葉をささやき合っている最中に鳴らしてやるはずだった着メロが、まさか自分の部屋で鳴るとは思わなかった。

隆志は、わざと携帯電話を落としていったのだ。連絡がとれない言い訳にするために。そこまでするということは、すでに隆志は新しい携帯電話を購入しているはずだ。

試しにメールの履歴や着信履歴を開いてみる。茜からのメールや通話の痕跡《こんせき》しか残っていない。それでかえって確信を持った。他の履歴は即座に消去しているのだろう。

電話なんかしなきゃよかったと、茜は今になって後悔した。そうすれば、隆志の携帯電話を拾うこともなく、余計なことを考えることもなかった。

いや、考えるまでもなくわかっていた。何もかも。隆志が今、どこにいるのか。誰と会っているのか。わかっているからこそ腹が立つ。悔《くや》しくてたまらない。

茜は立ち上がった。大急ぎで身仕度を整え、バッグの中に自分の携帯電話と隆志の携帯電話とを放り込む。追い立てられるように靴を履き、部屋を飛び出した。

行き先は決まっていた。電車を乗り継いで二十分弱。一度だけとはいえ、遊びに行ったことがある。就職してもうすぐ一年というころだから、三年と少し前だ。

あのころはまだ、彼女、川原清美《かわはらきよみ》とはいい友人同士だった。同期入社で同じ部署で、昼休みはいつもいっしょだった。最初は二人とも自宅から通勤していたが、茜は半年ほどで自宅を出て独り暮らしを始めた。片道二時間の遠距離通勤が次第に苦痛になったからだ。

「私も独り暮らしする！」

清美がそう言ったのは、茜のアパートに遊びに来た翌日だった。清美の通勤時間は茜の半分、決して通いきれない距離ではない。だとしたら、家賃分を自分の小遣いとして使ったほうがいいのではないか。しかし、清美は強く頭を振って言った。

「だって、楽しそうなんだもの。茜の部屋を見てたら、私もこんなところに住みたくなっちゃったの」

その言葉どおり、清美は茜が住んでいるのとそっくり同じタイプの賃貸アパートを探し出してきた。しかも、茜のアパートよりも最寄り駅にも会社にも近い物件を。

誘われるままに清美の部屋に遊びに行き、茜はさらに愕然《がくぜん》とした。自分の部屋とあまりにも酷似していたからである。

青い小花模様のカーテンに、白木のローテーブル、低めのソファ。その上にはカーテンと同じ柄のクッション。作りつけのロフトの上には淡い水色のベッドカバーが掛けてある。白木のキッチンワゴンをCDラック代わりにしているのも同じだった。

ただ、少しばかり違っていたのは、どれも茜の部屋にあるものより明らかに高価であることだった。茜のカーテンは通信販売のセール品だったが、清美のはブランド物だと一目でわかった。白木の家具も茜は通販を利用したが、清美はそれなりの店で購入したに違いない。素人目にもその差は歴然としていた。

「茜の部屋を真似しちゃった」

清美の口調には少しも悪びれた様子はない。それがなおさら、茜を不快にした。またか、と思った。

これまでにも、清美が茜の真似をしてきたことがある。最初は化粧だった。雑誌に載っていた方法を参考に、新色のアイシャドーを組み合わせたメイクで、我ながらうまくできたと満足していた。

だから、清美に褒《ほ》められたときは素直にうれしかったし、やり方を訊《き》かれたときも快く教えた。まさか清美がそっくり同じメイクで出社してくるとは、これっぽっちも想像していなかったのだ。

「見て見て。茜とお揃《そろ》いにしてみたの」

にっこり笑う清美に、茜は何も言えなかった。不愉快さを押し隠して、曖昧《あいまい》に笑うしかなかった。その場で化粧を落としてしまいたい衝動を抑えるのがやっとだった。全く同じメイクのはずなのに、茜よりも清美のほうがずっと垢抜《あかぬ》けて見えた。

化粧だけでなく、髪型もそうだった。服や小物もそうだった。全く悪気のない顔をして、清美は茜の真似をする。そして、九割九分九厘、茜よりも清美のほうが似合っていた。

もしかしたら嫌がらせをされているのかとも思ったが、そうではないらしい。清美の言動からは悪意が全く感じられなかった。お揃いね、同じねと言うときの清美は、心底うれしそうだった。

内心では不愉快でたまらなかったが、そんな清美に面と向かって「真似しないで」とは言えなかった。あまりにも大人《おとな》げない要求に思えたし、何より同じ部署の仲間なのだ。気まずくなるのは避けたかった。

休日に遊びに誘われるのがいやで習い事を始めれば、清美はいっしょに同じ教室に通うと言い出した。そして、これまた清美のほうが先に上達し、面白くなくなった茜は教室をやめてしまった。

将来のために資格をとろうかと勉強を始めれば、やはり後から始めたはずの清美のほうが先に資格試験に合格してしまう。結局、茜はそこで資格取得をあきらめた。

やがて気づいた。清美は真似をしたがっているのではなく、茜のものを横取りしたがっているのではないか、と。自分のほうが似合う、自分のほうが優れているという事実を見せつけて、茜がそれを手放すように仕向けているのではないか……。

いっそ会社を辞めてしまおうかとも思ったが、実行には移せなかった。資格や特技があるわけでもなく、つぶしの利かない事務職を少しばかり務めただけでは、好条件の転職など望めない。

そもそも仕事に不満はないのだ。上司や他の社員ともうまくいっている。収入も申し分ない。隣の席の女子社員が気にくわないという理由で転職するなど、馬鹿げた話だ。せっかく正社員として入社したのだから、もう少し我慢しよう、運が良ければ清美が先に辞めてくれるかもしれない……。

そう思い続けて三年あまり。相変わらず髪型や服装を真似してくる清美にうんざりしながらも、表面上は仲のいい同僚を演じていた。苛立《いらだ》ちは次第に諦《あきら》めに変わりつつあった。

そんな矢先の出来事だった。高校時代の同級生だった浜名《はまな》隆志と偶然に再会し、つき合うようになったのは。

当然のことながら、清美には決して知られないように気を配った。知れば、絶対に清美は横取りしようとするだろう。茜よりも自分のほうが隆志にふさわしいと言わんばかりの態度で。

自分の部屋に招くより、できるだけ隆志のマンションを訪ねるようにした。外で会うときには、清美と出くわしそうな場所は徹底的に避けた。幸い隆志は「バイク乗り」だったから、休みの日には二人乗りで遠出すればよかった。都心から遠く離れた駿河湾沿いや、長野と山梨の県境で、二輪の免許を持たない清美とばったり遭遇する可能性など皆無に等しい。また、隆志のマンションは清美の行動範囲の外にあった。おかげで約半年にわたって極秘交際が発覚することはなかった。

運が悪かったと言うしかない。たまたま茜が忘れ物を取りに戻ったときに、いきなり清美が訪ねてくるなど、誰が想像し得ただろう？　悪いことに茜の隣には隆志がいた。トイレに行きたいからと、部屋までついてきたのだ。

「茜の彼なの？　うわあ、知らなかった。紹介してよ」

その瞬間、茜は的確に未来を予測した。惨《みじ》めに敗北する自分の姿がはっきりと見えた。

来るんじゃなかった。清美のアパートの前で、茜は思わずつぶやいた。予想したとおり、そこには隆志のバイクが停《と》めてあった。

天気予報では夕方から雨。こんな日にバイクで遠出するはずがない。隆志の部屋ではいつ茜が来るかわからないから、会うなら清美の部屋だろうと思った。

来なきゃよかった。惨めな思いをするだけだってわかっていたのに。交通費をかけてわざわざ出かけてくるなんて。私、なんて馬鹿なことをしたんだろう……。

全力で走った。居たたまれなかった。闇雲に電車を乗り継ぎ、気がつくと、池袋駅の構内を歩いていた。休日だけあって、人が多い。人混みを流されるままに歩いていると、余計なことを考えずに済むからだろうか、少しずつ気分が落ち着いてきた。

しかし、なまじ落ち着きが戻ってくると、今度は猛烈な悔しさと怒りとが沸き上がった。茜自身に非があるとは思えない。悪いのは清美だ。何でも他人のものを欲しがるなど、まるで躾《しつけ》のなっていない子供ではないか。その清美にあっさりと絡め取られた隆志にも腹が立つ。人の好い隆志のことだ。きっと、いいように丸め込まれてしまったのだろう。

だいたい、携帯電話を相手の部屋にわざと置き忘れるというのは、茜が思いついたやり方だった。まだ清美に対して好意を持っていたころ、昼休みのおしゃべりの話題にした覚えがある。後腐れなく別れるにはどうすればいいか、といったことをカレシもいない二人が熱心に語り合っているのは、傍から見れば滑稽な光景だったかもしれない。

「茜って悪女ね。で、どうだったの？」

「実際にやってみたわけじゃないもの。どうもこうもないわよ」

「なあんだ」

あのときの、清美の顔ははっきりと覚えている。実話でないと知って、露骨に失望の色を浮かべていた……。

面白半分に口に出した策が、まさか自分に対して仕掛けられるとは思いもしなかった。自分で自分の首を絞めたような気がして、それがなおのこと悔しい。

めずらしく隆志が茜の部屋を訪れたのは、茜に会いたいからでも、最近険悪になりつつある仲を修復するためでもなく、ただ携帯電話を落としていくためだったのだと、今になって気づく。

明日には、隆志が会社から自分の携帯に宛てて電話を入れてくるに違いない。そして茜が出ると、見え透いた言い訳を並べるだろう。よかった、茜の部屋にあったんだ、なくしたかと思ったよ、と。

茜はバッグの中から隆志の携帯電話を取り出した。いっそ駅のごみ箱にでも放り込んでやろうか。いや、トイレにわざと置いてくるのはどうだろう。誰かが拾って悪用するかもしれない。やりすぎだろうか。

これが清美の携帯電話だったらよかったのにと思う。そうすれば、何のためらいもなく放置できた。たとえ悪用されても、良心の呵責《かしゃく》を感じずに済む。隆志の携帯電話ではそうもいかない。彼がトラブルに巻き込まれるのは、いやだ。

でも、ほんの少しだけ嫌がらせをするくらいは許されるのではないか。たとえば、この携帯電話を使って、数千円分だけ有料サイトにアクセスするとか。隆志だって後ろめたいことをしているのだ。文句は言わせない。

長い地下通路をのろのろと歩きながら、茜は携帯サイトの検索画面を表示させた。駅からだいぶ離れてしまったからか、人の姿はまばらである。歩くのが遅くても、迷惑そうに追い抜いていく人はいない。

自分の携帯電話からは決してアクセスしないような、一目で危ないとわかる出会い系サイトを選ぶ。どうせ隆志はこの携帯電話を持ち続ける気はないのだ。遅かれ早かれ解約してしまうのだから、このメールアドレスが怪しげなサイトに登録されても構うことはない。

適当なサイト名を選択し、確定ボタンを押す。ややこしい手続きも、登録画面の類《たぐい》もなく、いきなりタイトルがいくつも表示される。どれもスパムメールにそのまま流用できそうなものばかりである。

『会員は人妻オンリーです！』

『素人動画、一部流出モノあり！』

『期間限定・レア動画』

似たような言葉ばかりが並ぶと、かえって興味を削《そ》がれた。不意に自己嫌悪を覚える。嫌がらせにしても程度が低すぎた。やめよう、そう思ったときだった。やたらと目立つタイトルを見たような気がした。

スクロールしてしまった画面を急いで元に戻す。気になる一文だった。

『あなたの恋人、友だちのカレシ、強奪して差し上げます』

人妻という文字もなく、素人動画という言葉もない。他のタイトルの中で、これひとつが妙に浮いていた。

『後腐れなく別れたいあなた、彼の家庭をぶち壊してやりたいあなた、私共がお手伝いいたします。尚、男性からのご依頼は固くお断りいたします』

いったい何なんだろう、これは。別れさせ屋か、それとも新手の悪徳商法か。不倫だの売春だのが横行する出会い系サイトだからこそ、事後処理をしてくれる別れさせ屋が不可欠ということなのか。

さらに画面をスクロールさせてみる。

『まずはお電話ください。当社システムについて、懇切丁寧にご説明いたします』

オフィスCAT、という文字でその書き込みは終わっていた。見るからに怪しい。

茜は改めてタイトルに目をやった。妙に気になったのは、これひとつだけが異質だっただけではない。それもあるが、一番大きな理由は「強奪」の文字だった。今、まさに恋人を強奪されたばかりの茜である。気にならないはずがなかった。

ここに頼めば、清美が自分にしたのと同じように、隆志を奪ってもらえるのだ。もちろん、すぐに茜はその考えをうち消した。出会い系サイトが危険なことくらい、中学生でも知っている。迂闊《うかつ》に電話などしてしまったら、大変なことになるに違いない。

　きっとヤクザだの教祖様だのが出てきて、ぼったくられたり、拉致《らち》されたりして。いやだいやだ。考えただけで、ぞっとする……。

　清美に仕返しをしたい一心で、自らトラブルを招き寄せたのでは元も子もない。再び画面をスクロールさせようとしたところで、また別の考えが浮かんだ。

　でも……ヤクザや教祖様につきまとわれるのが清美だとしたら？

　もしも清美の名前を使って「恋人と別れさせて」と電話をかけてみたら、どうだろう。後腐れなく別れたいあなた、と宣伝文句に書いてあったくらいだ。不自然でも何でもない。

　連絡の手段はある。この携帯電話だ。これを使って、川原清美と名乗ればいい。法外な料金を請求されても、取り立てられるのは自分ではなく清美だ。隆志に累が及ぶのを避けるなら、この携帯電話を壊してしまえばいい。

　さっそく茜は、「０３」で始まる番号を頭に叩《たた》き込むとクリアボタンを押した。覚えた番号をゆっくりと入力し、発信ボタンを押す。ふと笑みがこぼれる。この四年間、あれだけ不愉快な思いをさせられたのだから、これくらいの意趣返しは当然だ。

『はい、オフィス・キャットです』

感じの良い声だった。おそらく自分たちと同年代の女。

「サイトの広告を見て電話したんですけど。ええと、川原清美と言います」

『川原様は当社は初めてですか』

はい、と答えながら、名前だけでなく住所まで言ってしまえばよかったと思った。そうすれば、清美のアパートに得体の知れない連中が入れ替わり立ち替わり現れることになったかもしれない。

『それでは、当社の料金体系についてご説明します』

「いえ、お金はいくらでも払いますから、早く彼と別れさせて欲しいんです」

どうせ自分が払うわけではない。金額などどうでもいい。

『そうですか。わかりました。では、担当の者と一度面談を行っていただいて……』

面談？　この怪しい組織の人間と顔を合わせるということか。まずい。茜は早口で、無理ですと答える。

「直接会うのは困るんです。今から私の住所と彼の名前を言いますから、それでなんとかしてください。私の住所ですけど、中野区……」

清美の住所は郵便番号を含めて記憶している。知り合った当初は仲の良い友人同士だったからか、覚えたくもないのに覚えてしまっていた。ところが、町名まで告げたところで、相手はやんわりと遮《さえぎ》ってきた。

『申し訳ないんですが、当社では詳しい事情をお聞かせいただいた上でないと、依頼をお受けできないんですよ』

「だめですか」

『トラブルの原因になりかねませんので。この件に関しましては、私どもを信頼していただくしか……』

信頼できない相手だからこそ、電話する気になったのだ。しかし、そんなことを馬鹿正直に言うわけにはいかない。

『あ、すみません。このまま少々お待ちいただけますか』

はい、と茜が答えるのと同時に、電話機が保留になったことを告げるメロディが流れ始める。やっぱりこのまま切ってしまったほうがいい。怪しげな連中に清美の名前と大雑把な住所を教えることまでは成功したのだ。

これでよしとすべきなのだろう。そう自分に言い聞かせて、電話を切ろうとしたが、それを待っていたかのようにメロディが止《や》んだ。

『お待たせしました。面談の件ですが、どうしてもお客様ご自身では不都合なようでしたら、代理人でも構いませんが』

代理人という言葉に、閃《ひらめ》くものがあった。髪型も化粧も服装も、清美は何もかも茜の真似をしている……。

もしかしたら、自分たちは第三者の目にはそっくりに映っているのではないか。会社で「仲良し姉妹」と呼ばれたこともある。一度顔を見た程度なら、清美になりすましても見抜かれずにすむかもしれない。今日着ている服にしても、清美に真似されたことがある。

「いいえ、代理じゃなくて、やっぱり私が」

『そうしていただけると、助かります。都合の良い日時と場所をお教え願えますか』

「できれば今日……とか。今からすぐがいいんですけど」

この携帯電話を使っていられるのは、隆志から連絡が来るまでの短い間である。その間に「面談」とやらを済ませてしまいたかった。とはいえ、先方の都合もある。さすがに今すぐは無理だろうと思ったが、相手の答えは違った。

『かしこまりました。場所はどちらになさいますか』

現在地である池袋にしてもらおうかとも思ったが、少し考えて新宿にした。池袋よりも新宿のほうが清美のアパートに近い。

『新宿でしたら、アルタ前でよろしいでしょうか』

渋谷のハチ公前と同じくらい、待ち合わせによく使われる場所だ。曜日・時間帯を問わずに人混みができていて、そこに紛《まぎ》れてしまえば目立たずに行動できる。

「十五分あれば、行けると思います」

『わかりました。それでは新宿アルタ前にミナミヒナコという者を向かわせます』

「ヒナコ？」

『ミナミ、ヒナコ、です。髪型は三つ編みが三本で、赤いセルフレームの眼鏡をかけております ので、それを目印にお客様のほうからお声をかけてください』

電話はそれで終わりだった。結局、相手は茜の服装など、外見的な特徴を尋ねようとはしなかった。

2

「ミナミヒナコさんって、どんな字を書くんですか」

「皆様の皆に実際の実、雛《ひな》祭りの雛に子供の子です」

画数が多くて面倒なんですと笑いながら、彼女はテーブルに指で「皆実雛子」と書いた。

茜は改めて目の前の女性を見つめる。地味めの顔だが、目鼻はほどよく配置されている。きちんと化粧をすれば、もう少しましになるだろうにと思う。それでも、現れたときの姿に比べれば、今は至極真っ当である。

アルタ前に現れたときの彼女は、顔の半分が隠れるのではないかと思うほど大きな、それもセルフレームの真っ赤な眼鏡をかけ、両脇と後ろに三つ編みを垂らし、おまけにピンクの吊《つ》りスカートを穿《は》いていた。ブラウスはやたらと大きなセーラーカラー付き。どちらも、いったいどこで買ったのかと訝《いぶか》るほど野暮《やぼ》ったい品だった。

新宿の人混みの中でさえ十分に目立つその姿を見たときには、回れ右して帰ってしまおうかと思った。そうしなかったのが、自分でも不思議だった。

目が合ったときに、知らん顔をしてしまえばよかったのかもしれない。が、茜はそれをしなかった。すると雛子は、にっこりと笑った。魅力的な笑顔というわけでもなかったのに、気がつくと茜は彼女に歩み寄り、ミナミヒナコさんですか、と声をかけていた。

奇抜な眼鏡と巨大な付け襟《えり》を外し、ジャケットでスカートの吊り部分を隠してしまうと、彼女の印象は平凡なものになった。彼女といっしょに歩いても恥ずかしくなかったし、近くのフルーツパーラーに入るころには友人同士に見られても構わないとさえ思った。

「川原清美さん」

自分のものではない名前を呼ばれて、茜はぎくりとした。

「年齢を訊いても構いませんか」

「二十六です」

これは嘘ではない。来月になれば清美は二十七歳で、茜と一歳違いになるが、今はまだ同じ二十六歳である。

「料金についての説明がまだでしたよね」

雛子は足許《あしもと》に置いたナイロン製のボストンバッグを開けると、はがきサイズの紙を取り出した。

「これが料金表です。基本料金は十万円。お電話では急ぎでとおっしゃっていたそうですが、特急料金は別途五万円いただきます。この場合は着手から三日以内の完了になります。別れた後によりが戻らないようにとか、条件次第ではオプション料金がかかる場合もあります。これは事前にお見積もりを出してご相談しますので、勝手にこちらで上乗せすることはありません」

　基本料金十万円とかかれた紙に視線を落とす。高い。言われるままに払う人なんているんだろうか。しかも、特急料金だの各種オプションだのを全部加えたとしたら、二十万円を超える。ここまで露骨な詐欺に引っかかる女がいるとは思えなかった。命に関《かか》わるほど切羽詰《せっぱつ》まっているのでもない限り。

「高いですか」

「い、いえ……」

　茜はあわてて頭を振った。雛子はくすくす笑いながら「金額だけ見れば高いですよね」と言った。

「もちろん、成功報酬です。手付けはいただきますけど、ご満足いただけなかった場合は手付けを含めて全額お返しします」

「手付けっていくらですか」

「基本料金だけのご依頼でしたら一万円。オプションがひとつ加わるごとに一万円ずつ加算されます。たとえば、特急とアフターケアをつけた場合は合計三万円です」

「それって、振り込みとかじゃなくて、現金で払わなきゃだめなんですよね」

一応、と雛子がうなずいた。

「着の身着のままで逃げ出してきたとか、そういう拠所《よんどころ》ない事情があれば考慮しますけれど」

清美が払うことになるなら、いくらでも高額の契約を結ぶが、自分自身では一銭たりとも払いたくない。それに、と茜は心に浮かんだ疑問を口にした。

「もしも、手付けの一万円だけ受け取って、あなたが逃げてしまったら？」

「それは、信用していただくしかないわけですけど」

雛子が大げさな仕種《しぐさ》で肩をすくめた。ならば交渉決裂だと茜が思ったときだった。

「万が一、失敗に終わった場合、私から手付けを回収できればいいんですよね」

雛子はそう言って、再び足許のボストンバッグから何かを取り出した。ていねいに折り畳んだ紙がテーブルの上に広げられる。見覚えのある用紙だった。

「私の住民票です」

皆実雛子というのは偽名だろうと思っていたが、掛け値なしの本名だった。住所は新宿区。清美と同じ沿線の住民である。一週間前に転入したばかりらしい。

「それから、こっちが免許証。更新したのが引っ越し前なので、住所は違ってますけど、顔写真は私だってわかるでしょう」

　免許証の住所は江戸川区。本籍地は世田谷区になっている。

「この住民票、持っててください。もしも私が手付けをお返ししない場合は、これを持って警察に行くなり、サラ金で勝手に借金するなり、お好きなように」

　でも、と雛子は真顔になって付け加えた。

「私の成功率は今のところ百パーセントです。依頼を取り下げられて中断したことはありますけど、失敗はありません」

　自信たっぷりに言われて気持ちが揺らいだ。自分が受けたのと同じ屈辱感と苦痛とを清美に味わわせてやれると断言されたのである。

　やめてしまった習い事、資格取得の前に挫折した通信教育、ほんの数回着たきり簞笥《たんす》の肥やしになってしまった服。そうやって清美から奪われたものを思えば、一万円などいかにも安い。

　茜はバッグの中から財布を取り出した。幸い、給料日直後で一万円札が二枚入っている。そのうちの一枚をテーブルに置くと、住民票に手を伸ばした。

「契約成立ということで、彼に関する情報を教えてください。名前と住所と勤務先、それから趣味。好きなタレントとか、好きな映画とか、好きな音楽。できるだけ細かくお願いします」

まるでアンケートのようだ。そんなことがいったい何の役に立つのだろう？　それでも言われるままに答えたのは、成功率百パーセントという言葉を信じたからだった。

隆志を奪って欲しい。隆志と自分が別れ話をする前に。清美が手に入れる前に。これ以上、彼女に奪われたくなかった。

その願いが叶《かな》えられるのなら、自分も六桁の金額を支払ってしまうかもしれないと、茜は初めて思った。

3

「来られなくなったって、どういうことだよ！」

思わず大声になった。隆志は周囲に人がいたのを思い出し、あわてて声をひそめる。もっとも、開演間際である。武道館前はひどく騒がしくて、多少の声では誰も気に留めたりしないだろう。

「チケット、どうすんだよ」

ごめんなさいという声が携帯電話越しに聞こえてくる。それがさらに隆志を苛立たせた。

「わかったよ。もういい」

待って、と茜が叫ぶように言うのを無視して通話を終わらせた。いっそ携帯電話を叩き壊してしまえばよかった。そうすれば、堂々と新しい携帯電話を使える。

ぬか喜びさせやがって、と隆志は内心で毒づきながら、武道館の入り口へと吸い込まれていく人の群れに目をやった。

チケットが手に入ったと茜が連絡してきたのは一昨日だった。隆志が高校時代に好きだったバンドの解散ライブだ。行きたいと思ってはいたものの、チケット入手は難しいだろうからとあきらめていた。事実、発売開始から数分で完売したと聞いた。

そのチケットを偶然手に入れたのだと茜は言った。それを聞くまではどうやって会話を切り上げようかと思っていたのに、現金なもので久々に話が弾んだ。高校時代の思い出や、初めてライブに行ったときのこと、苦労してインディーズ時代のCDを買い集めたことなどを延々としゃべった。

定時に退社するために昨日のうちからあれこれと根回しをし、ぴったり五時に会社を飛び出すことに成功した。茜の会社のほうが武道館に近いから先に来ているだろうと思っていた。しかし、開演十分前になっても茜は現れず、代わりに携帯電話が鳴った。

急な残業でどうしても抜けられなくなったのだという。チケットは茜が持っている。あきらめるしかなかった。

もともと自分で購入したチケットではない。あくまで「降って湧いた幸運」なのだし、その幸運にしても茜のものだ。自分にとやかく言う資格はないことくらい承知していた。が、悔しいものは悔しい。

あきらめきれない気持ちを振り切って踵《きびす》を返そうとしたときだった。あのう、とためらいがちな声がした。

「二階席なんですけど、よかったらいっしょに入りませんか。連れの方、来られなくなっちゃったんでしょう?」

黒のレザーパンツに、紫のタンクトップという、この場では比較的ありふれた服装の女性だった。ありふれているのは、女性ボーカルのコスチュームを模した服装だからである。さらに手首に鎖を巻き付け、左腕に逆十字のペーパータトゥ。完璧《かんぺき》だ。

以前、茜に同じ服装を勧めてみたことがあるが、「比べられたくないから」と拒否されてしまった。そんなつもりはなかったのにと、ひどく不快だったことを覚えている。似合うと思ったから勧めただけなのに、と。そういえば、ささいなすれ違いが始まったのは、あのころからだ。

「立ち聞きするつもりはなかったんだけど、近くにいたものだから」

ごめんなさい、と彼女は小声で謝った。肩を剝《む》き出しにした服に濃い化粧という格好とは裏腹に、控えめな口調だった。

「私も、連れからドタキャンされちゃったんです」

「いいんですか」

「もちろん。チケットを無駄にしたくないんで、助かります」

「それじゃ、チケット代を……」

財布を取り出そうとした手に細い指が絡みついてくる。

「いりません。私も自分でお金を出したわけじゃないから、いいんです」

「でも……」

「貰い物のチケットで儲《もう》けたりしたら、後ろめたいでしょう」

これ以上の押し問答は野暮というものかもしれない。隆志はうなずいた。

「じゃあ、遠慮なく」

「よかった」

　笑う口許には紫色の口紅が塗られている。そんな色なのに、派手に見えるどころか清潔感さえ漂っているのは不思議だった。かといって似合わないわけではない。これ以上ふさわしい色はないと思えるほど、よく似合っていた。つけるべき女性がつければ、紫の口紅というのはこれほど上品に見えるのだ。

　彼女はこれまた上品な仕種で、チケットを二枚取り出した。そのうちの一枚を手渡してくるのかと思ったが違った。

「それじゃ、行きましょうか」

　最初から待ち合わせをしていたかのように自然な態度で、彼女は隆志の隣に並んで歩き始める。

　ふと、同じ場面をどこかで見たような気がした。そうだ、少し前の連ドラだった。隆志自身はテレビドラマを見る趣味などなかったが、茜も清美も、その手の絵空事が大好きだった。

　どんなストーリーだったかは忘れてしまったが、やはり男が会場前ですっぽかしを食らっていた。そこへ同じようにデートをすっぽかされた女が声をかけるのだ。チケットが余っているから、いっしょに見ませんか、とかなんとか言って。コンサートではなく映画の試写会という設定だった。女が持っていたのは招待券で、チケット代云々《うんぬん》というやりとりはなかった。

ご都合主義だ、現実にはあり得ないと呆《あき》れて言ったら、清美は露骨に不愉快そうな顔をしたっけ。いや、あれは茜のほうだったたか。

「時間ぎりぎりになっちゃったみたい。急ぎましょう」

先に立って歩く後ろ姿は、ため息が出るほど美しい。ぴんと伸びた背筋はファッションモデルのようだったし、肩から二の腕にかけてのラインも完璧だった。一筋のほつれもなく結い上げた髪の下に続く項《うなじ》は、生まれてこの方一度も陽に当たったことがないかのように白い。

実際にこんなことが起こるとは、夢にも思わなかった。ご都合主義だろうが、虫のいい考えだろうが、構いはしない。できることならこの後も、ドラマのような展開になって欲しいと隆志は考え始めていた。

「素敵なお店ね」

彼女、皆実《みなみ》雛子はグラスを傾けながら感心したように言った。帰り際、チケットのお礼にと食事に誘ってみると、予想に反して彼女は快諾《かいだく》した。この幸運を逃すわけにはいかない。あわてて頭の中を検索して、思い出したのが去年のクリスマスに茜と二人で来たイタリアンレストランだった。

客を服装で選別する類の店で、茜と来たときには決して居心地がいいとは言えなかった。が、ふだん隆志が行きなれている店、つまり駅前に必ず看板を出しているようなチェーン店の居酒屋に雛子を誘うわけにはいかない。

結果は大正解だった。連れが変わっただけで、店の対応も居心地の良さも一変した。茜に限らず、清美でもこうはいかなかっただろうと思う。

二人とも隆志の好みのタイプではあったが、あまりにも凡庸だった。服装は無難、性格は穏和。言い方は悪いが、いつでも取り替え可能な女だ。だからこそ二人同時に付き合っていられる。清美の誘いを断るほど茜に入れあげていたわけではなかったし、かといって茜と別れてまで清美と付き合いたいとも思わなかった。

退屈していたのだと、雛子を前にして気づいた。いくら好みのタイプでも、よく似た女二人と続けて付き合えば飽きもする。ローズピンクの口紅に桜色のマニキュアはもうたくさんだ、と思う。

「それは災難だったわね。がっかりしたでしょう」

すっぽかされた顚末《てんまつ》を話すと、雛子は心底気の毒そうな顔をした。

「がっかりもがっかり、天国から地獄へ直行。途中、停車駅はございませんっていう感じだったな」

もっとも半分は嘘《うそ》だ。これで茜に対して冷淡に振る舞う口実ができたとほくそ笑んでいた。加えて、茜よりも清美よりも魅力的な女と知り合う機会に恵まれたのだ。

「もしかしたら、職場の先輩に嫌がらせをされたのかもしれないわね。急な残業ってことは。でなかったら、性格の悪い後輩がわざとミスを連発して引き留めにかかったとか」

「まさか」

「わからないわよ。女って、身近な女の幸せには狭量なものだから」

不意に清美の顔が浮かんだ。茜と清美が同じ会社の同じ部署だということは知っている。確かに、清美ならば茜と隆志のデートを妨害してやろうと思いついても不思議はない。また、それができる立場にいる。

嫌悪感を覚えた。清美が妨害工作をしたという確証があるわけではないが、それをやりかねない彼女を疎ましく思った。

いや、そんなものは後付の理由だ。目の前にいる女に急速に惹《ひ》かれているから、それ以外の女が鬱陶《うっとう》しくなった。今はどうやって雛子をモノにするかだけを考えていたかった。

4

もういい、と苛立った声で終わった電話から二週間が経った。携帯電話を隆志に返してしまったために皆実雛子と連絡はとれなかったが、清美がふられたらしいことはすぐにわかった。

このところ元気がないと思っていたら、昨日は泣き腫《は》らした目で出社してきた。さらに今日は、髪型が変わっていた。メイクのやり方も、服装もである。茜と似ないように工夫しているのだろうが、どこか不自然なのは否めない。もっと言ってしまえば、野暮ったい。気の毒で目を逸《そ》らしたくなるほど。

この一件で、十万円を踏み倒そうという気持ちは完全に消えた。就職して以来、ずっと悩まされてきた災厄から解放されたのだ。そればかりか、溜まりに溜まった鬱憤が一度に晴れた。手つかずの旅行資金もあるから、支払いに困ることもない。計画倒れに終わった旅行の代わりとしては、これ以上の使い道はないように思う。

だから、オフィスCATに自分から電話した。皆実雛子さんに住民票の件で、と言っただけで即座に応《こた》えがあった。

『須藤茜様ですね』

携帯電話を持つ手が強ばるのがわかった。なぜ、名前がわかったのだろう。最初の電話では川原清美と名乗ったし、雛子にも本名は告げていない。

『申し訳ありません。皆実はただいま外出中で。ただ、お差し支《つか》えなければご自宅に直接伺いたいと申しておりましたが……』

「そうですか。明日は朝から自宅にいますから、いつでもどうぞとお伝えください」

『かしこまりました。ご用件、シノハラが承りました。ありがとうございました』

あえて住所は告げなかった。伏せておいた本名がわかったのだ。住所だってわかるに違いないと思った。来るなら来い、とも思った。

もちろん、雛子は茜のアパートにやって来た。

「別に嘘をついたからって、違約金を請求したりしませんから、心配しないで」

部屋に招き入れられるなり、雛子はそう言って笑った。今日の彼女は、無地のカットソーにケミカルウォッシュのデニムという穏健な服装だった。髪も三つ編みではなく、後ろで緩くまとめている。

「いつから……知ってたんですか」

「最初から」

思わずため息をつく。

「だって、うちに電話してきたとき、いきなり川原清美ですって言ったんでしょう。出会い系サイトにあった番号ですよ。馬鹿正直に本名を名乗る人なんていません。あなたが川原さん本人だったら、そっちのほうがびっくり仰天です」

「でも、それだけだったら、私の本名まではわからないんじゃ？」

「隆志さんの携帯をこっそり調べたんです。二台とも。片方には川原清美さんからの通話記録とメール、もう片方には須藤茜という人の通話記録とメール。……答えはひとつしかないでしょ？」

種明かしをされてみれば、不思議でもなんでもない。それに、と雛子が続けた。

「ドタキャンの連絡をしたとき、彼が名前を呼んだの、覚えてません？」

雛子の指示で、武道館ライブの二日前と当日、茜は嘘の電話を入れた。言われてみれば、隆志は茜の名前を口にしたような気がする。

「あのとき、近くにいたんですか」

「ええ。それが作戦でしたから。ドタキャンされた者同士が仲良くなるっていうのは、ドラマのパクリですけどね」

「彼、変に思わなかったのかしら」

「ドラマと同じシチュエーションってことは気づいてましたよ、もちろん。私にも言いましたから。こんなことが現実にあるとは思わなかったって」

「だったら、仕組まれてるって気づきそうなものだけど」

「全然。見覚えのあるシチュエーションって、警戒心が緩むものなんですよ。いつのドラマだったかなとか、どこで見た映画だっただろうとかは考えますけど、元ネタがわかってしまえば、それで満足しちゃうんですよね」

「そこから先は考えようとしない……」

雛子はうなずいた。

「私たちはいつも、可能な限りターゲットに馴染《なじ》みのある状況を作るんです。警戒されたら終わりですから」

それがあのアンケートまがいの質問だったのか。いったい何の役に立つのかと思ったが、これで納得がいった。

「最近見た映画、今見ている連ドラ、好きな漫画、愛読書。その中から記憶に残りやすいシーンを、できるだけわかりやすい形で再現します。コピー元が即、思い浮かぶように」

そこで言葉を切ると、雛子はいたずらっぽく笑った。

「これって、誰かを連想しません？」

言われて気づいた。清美だ。

「彼女、もう茜さんの真似するの、やめちゃったでしょう」

「どうして、それを……」

知っているのかと言いかけた茜を、雛子が静かな微笑《ほほえ》みで遮《さえぎ》った。

川原清美が隆志の部屋に押しかけてきたのは、雛子が予想していたよりも早かった。隆志が清美の誘いを断るようになって一週間か十日と踏んでいたが、実際には三日。頻繁にかかってくる電話にうんざりして隆志が電源を切るようになったのも、雛子の予想より少し早かったから、それも一因かもしれない。

唯一危惧していたのは、清美ではなく茜が踏み込んでくることだった。隆志のベッドにいる雛子を見て、茜が取り乱したらまずい。いや、取り乱すのは構わないが、顔見知りであることを隆志に暴露されるのは困る。

一応、すべての業務が完了するまで隆志の部屋を訪ねないようにと釘《くぎ》を刺しておいたものの、この手の約束は往々にして反故《ほご》にされる。会いたい気持ちを抑えつけるのは、誰にとっても難しい。

幸いにも茜は我慢強く、清美は堪《こら》え性がなかった。願ってもないタイミングで清美は行動を起こしてくれた。

「誰よ、この女!」

清美は金切り声でそう叫んだ。使い古された台詞《せりふ》だったが、それだけに効果は絶大だった。男に嫌悪感を催させる、という意味での効果である。

「帰れよ」

面倒くさそうな隆志の口調はかえって清美の怒りに火を注いだらしい。靴のまま上がり込み、雛子に摑《つか》みかかろうとした。

「帰れって言ってんだろ！」

みっともない真似をするなと言って、隆志は清美を突き飛ばした。

「おまえみたいな女、うんざりなんだよ。あいつの劣化コピーだもんな」

その言葉で、雛子には茜と清美がどういう関係にあるのかがわかった。茜が川原清美と名乗った理由も。

清美は憎しみに満ちた目で雛子を睨《にら》みつけると、部屋を飛び出していった。階段を駆け下りる足音が聞こえなくなるのを待ってから、雛子はやおら身支度を始めた。

「私も帰るわ。整理整頓の下手《へた》な男って、好きじゃないの」

あわてたように引き留めにかかる隆志を侮蔑《ぶべつ》の視線でおとなしくさせ、雛子は静かに靴を履いた。

「劣化コピーとまで言われてしまったら、よほど鈍感な人間でない限り、二度と真似なんかしませんよ」

清美の泣き腫らした目、茜と似ないようにしているのが一目瞭然だった服装。そういう経緯があったのか。

「彼、コピーって言ったんですか」

隆志はわかっていたのだろうか。清美が茜の真似をしていることを。それはわずかに心を慰めた。

「わかってて言ったわけじゃないと思いますよ。清美さんが茜さんの真似をしていたことまでは。たぶん、目の前にいたのが茜さんでも同じ言葉を投げつけたでしょうね。それが一番傷つく言葉だから」

気持ちが急速に萎《しぼ》むのを感じた。せめて真似をしていたのが清美のほうなのだとわかって欲しかった。だが、そんな茜の心中などお構いなしに雛子は続けた。

「実際には、決して劣化じゃないんですけどね。清美さん、けっこう上手に真似してましたから」

「そうでした。彼女、上手でした。いつも、私よりずっと」

思わずうつむく。何もかも、コピー元の茜よりも清美のほうが優れていた。この四年間、それが悔しくてたまらなかった。

「当然じゃないですか。後出しジャンケンなんですから」

呆れたように言われて、茜は驚いて顔を上げた。

「茜さん、もしかして自分のほうが劣っているとか思ってました？」

それは錯覚ですよと雛子が笑った。言われてみれば、茜の真似をやめたとたん、清美は野暮ったくなった。急に慣れないことを始めたというのを割り引いたとしても、本当に清美のほうがセンスが良いのなら、もう少しましな印象だったはずだ。

なんだ、と肩が落ちるのを感じた。

「馬鹿みたい……」

昨日までの自分が滑稽《こっけい》に思えて、茜は小さくため息をつく。ふと顔を上げると、雛子が微笑んでいる。優しい笑顔だった。恋人や配偶者を強奪するのを生業にしている女性とは思えないほど。

ややあって雛子が口を開いた。

「この後、隆志さんとよりを戻すことをお望みですか」

茜は即座に首を左右に振る。

「清美から奪って欲しいとは思ったけど、彼を取り戻したいとまでは思ってませんでした」

清美との関係が発覚したときに終わった恋だった。いや、清美に奪われると思った時点ですでに終わっていたのだ。どちらにしても、もう未練はない。

「そうですか。それはよかった」

雛子は安堵《あんど》した様子でつぶやいた。彼女にもわかっていたのだろう。

「そうだ。住民票、返さなきゃ」

「いえ、そちらで破棄してください。もう不要ですから。明日、引っ越すんです」

「また？」

不躾かと思ったが、雛子は別段気を悪くしたふうでもない。

「ええ。またです。そういう仕事なので」

「でも、引っ越しってお金かかって大変でしょう」

「そうなんですよ。不動産関係の知り合いがいるから、なんとかなってますけどね」

雛子が小さくため息をつく。そんな仕種でさえ不思議と可愛らしい。彼女が本当に友人だったらよかったのにと、茜は少なからず残念に思う。

「お茶、入れますね」

「あ、お構いなく」

「いいの。飲んでいって」

心からの笑顔を雛子に向けると、茜は立ち上がった。

カッコーの巣の中で

死体でも入っていそうなスーツケースを引きずった一団が目の前を通り過ぎていった。見た目は夕方のスーパーマーケットに群れている「おばさんたち」と変わらないが、やかましくしゃべり散らしている言葉で外国人だとわかる。

空港を待ち合わせ場所にしたのは間違いだったかもしれない、と竹田緑《たけだみどり》は少しばかり後悔した。もう少し「いいカンジの」場所、たとえば渋谷のハチ公前とか、新宿のアルタ前とか、池袋のプリズムガーデンとか。いくつもの待ち合わせスポットがマイクを手にしたリポーター付きで浮かんでくる。

警備員が携帯電話の親分みたいな無線機に向かって何か話している。全然「いいカンジ」ではないものの、空港は安全だ。テロ警戒中とやらで、数メートルおきに警備員がいる。いざというときには大声を出せばいい。実際に爆弾テロにブチ当たってしまったら、どうしようもないけれども。

『テロリストが狙《ねら》うとしたら、東京駅や新宿駅の人混みだろう。こういうときは空港のほうがかえって安全なんだよ』

つい何カ月か前に、緑の父はそう言って笑った。あれは確か、空港内の寿司屋でランチセットのちらし寿司を食べている最中だった……。

ふと視線を感じた。無線を使っていたのとは別の警備員が、じっと見ている。やはり制服姿はまずかっただろうか。いや、学校から直接、出迎えや見送りに来ることだってある。堂々としていれば大丈夫。

緑は開き直って、周囲を見回した。ショートカットに薄化粧、ブラックデニムの女性を捜す。手にはデイジーラヴァーズのボストンバッグ、と電話口で相手は言った。

いったい何を考えているんだろう？　いい大人がデイジーラヴァーズのボストンバッグだなんて。

「スズキさんですか？」

不意に横合いから顔をのぞき込まれた。デイジーラヴァーズのロゴが目に入る。返事をするよりも先に視線を左右に走らせ、連れがいないかを確かめる。

「お電話くださった方ですよね。私、シノハラカエデです」

彼女の隣にも、背後にも、連れらしき者はいない。緑はようやくシノハラカエデと名乗る女性を見上げた。確かにショートカットで、化粧は薄い。

「スズキハナコさんですよね？」

重ねて訊《き》かれて、ようやく緑は「そうです」と答えた。馬鹿正直に本名を名乗るつもりはない。私の名前はスズキハナコ、と声に出さずにくり返す。

「私一人です。柱の陰に怖いお兄さんが隠れてる、なんてことは絶対にないから」

そう言ってカエデは笑った。見る人が見れば気持ちの良い笑顔なのだろうが、今ひとつ好きになれなかった。笑顔というやつほど油断できないものはない。

「どこかお店に入りましょうか。喉渇《のどかわ》いたわ。ああ、これは費用に含めませんから」

自分の分だけ払えばいいということだ。緑は少し安心してうなずいた。


地下一階のカフェテリアで各自好きな飲み物を購入し、一番奥のテーブルに座った。ジンジャーエールを飲みながらカエデの様子をうかがう。喉が渇いたというのは本当だったらしく、Lサイズのオレンジジュースが瞬く間にストローで吸い上げられていく。

「どうして驚かないんですか」

訊いてみようか、やめようかと迷っていたが、とうとう我慢しきれなくなった。

「小学生だって、わかってたんですか」

「うん。わかってた」

緑は思わずため息をつく。五年生にしては低い声だと自分では思っていた。音楽の時間、他の子たちが楽々と出す高い声がどうしても出なかったからだ。言葉づかいさえ気をつければごまかせる自信があった。

よほどがっかりした顔をしていたのだろう。カエデがあわてたように付け加える。

「あ、誤解しないで。話し方とか、敬語の使い方とかは、びっくりするくらいちゃんとしてたのよ。ボイスチェンジャー使ってたら、きっとわからなかったと思う」

「私の声、そんなに子供っぽいんだ」

「子供っぽいっていうか、声の高さがね、大人にしては少し高かった。たぶん身長は百四十センチくらいだろうなって。声の高さを決めるのは声帯の幅なんだけど、それって身長によって変わってくるから」

「わかるの？」

露骨に疑いの目を向けてみたが、カエデは自信たっぷりな様子でうなずき、自分の耳を指さした。

「私、耳がいいから。これでも元音大生」

まだ信じられずにいると、カエデが小さく舌を出した。

「ごめんね。本当はもうひとつ根拠があったんだ。指定してきた待ち合わせ場所」

「空港が？」

「待ち合わせに使うなら、よく知っている場所か、自宅の最寄り駅以外を選ぶ」

それはそうだろう。知らない場所は不安だし、自宅の近くではどこで誰が見ているかわかったものではない。

「だから、東京駅や羽田を指定してきたら、小学生の可能性が高い。まだ渋谷や原宿をよく知らないから、親と旅行したときに利用した駅や空港を思い浮かべる……」

他の小学生はどうか知らないが、緑に関しては当たっている。ただ、よく来る理由は旅行ではなく、出張の多い父の見送りや出迎えだったが。

「デイジーラヴァーズなんて言ったのも、もしかして引っかけ？」

「それは逆。小学生だと思ったから、デイジーにしたの。プラダやエトロじゃピンと来ないでしょう」

どちらも見たことくらいあったが、緑は黙っていた。その持ち主のことを考えるだけで不愉快になるからだ。

「まあ、種明かしはこの辺にして、本題に入りましょうか」

「小学生でもいいの？」

「依頼の内容にもよるけど。でも、年齢制限があるわけじゃないから」

確かに、電話だけで小学生だと見当がつくのなら、その場で断っていたはずだ。緑は小さく息を吸い込んだ。

「竹田英則《ひでのり》って人を離婚させてください」

お金さえ払えば簡単に別れさせてくれる会社があると知ったのは、ネットの「地下掲示板」だった。誰かが書き込んだＵＲＬをたどりながら、緑はオフィスＣＡＴのサイトを見つけた。

「その竹田英則さんって、あなたのお父さん……よね？」

それを肯定するのは、さっき名乗った「スズキハナコ」が偽名と白状したも同然だと気づく。が、遅かった。緑の首は縦方向に動いてしまっていた。

「ってことは、竹田英則さんの奥さんはあなたのお母さんじゃないのね」

言い当てられても驚かなかった。それくらい簡単に推測できる。実の両親を別れさせたいと望む子供なんていない。たぶん。

「お金ならあります。ちゃんと料金の十万円、払えます」

お年玉を強制的に貯金させたのは母親だった。オモチャもお菓子もたっぷり買ってもらえた縁に小遣いの類《たぐい》など必要なかったから、とくに不満はなかった。母親が死んだ後もその習慣だけは残り、今に至る。当然、通帳の残高は六桁を数えた。

「あなたのお金じゃないんでしょう?」

「うちのお金を持ち出すわけじゃないです。自分のお小遣いとか、お年玉とかを貯金したやつだから」

カエデは腕組みをして何事か考えているふうだったが、やがて「やっぱり……よかった」とつぶやいた。

「先に断っておくとね、私はオフィスCATの正社員じゃないの。見習いのアルバイト。だから、もしも私があなたの依頼を引き受けても、ギャラは発生しない。その代わり、必ず成功する保証もない」

「お金払うから、ちゃんと成功させて」

「だって、お小遣いなんでしょ。もとはお父さんのお金よね？」

自分で稼いだ金ではないから受け取れないということか。緑はうつむいた。胸の奥に苦い失望が広がっていく。……大人って、いつもこうだ。

「もしも、お金をもらって正式に依頼を受けてしまったら、あなたのお父さんはほぼ確実に離婚することになると思う。でも、うちのスタッフは再婚相手になることはできないの。そしたら、あなたのお父さんは自分で稼いだお金で自分の不幸を買うことになっちゃうかもしれない」

「不幸なんかじゃないもの」

離婚したほうが絶対まし。今のままだと、お父さんはもっと不幸になる……。

「だからね、くわしい事情を教えて。どうしてあなたがうちに電話してきたのか。正式な依頼として処理したほうがいいようなら、そのときはちゃんと正社員の人を呼ぶから」

この人で大丈夫だろうか。緑がそう思ったときだった。カエデがあわてたように言い足した。

「もし正社員の人を呼ぶことになったら、私が先に事情を聞いたこと、内緒にしてね。これ、ルール違反なの。営業妨害だし。バレたらヒナコさんに怒られちゃう」

「ヒナコさんって誰?」

「正社員の人。怖いんだ、これが」

身を縮ませる姿がおかしくて、緑はつい、声をたてて笑ってしまった。この人でもいいか、そう思った。


母親が死んだのは、小学校最初の夏休みだった。高速道路での玉突き衝突。後部座席の緑は奇跡的にかすり傷だったが、助手席に乗っていた母親は即死、運転していた父も重傷を負った。

当時、父はかなり大きな会社の、とても忙しい部署に勤めていた。やむを得ず休職したものの、復帰すれば「窓際」に追いやられるとわかっていたという。だから、自宅療養をしながら自分で仕事を始めたのだと、これは最近になって話してくれた。

電話台の真横に小さなパソコンデスクを置き、三段ボックスにファイルを積み上げただけの一画が最初の「事務所」だった。

ほどなく、それは自宅の一室に拡大した後、納まりきれなくなって駅前の雑居ビルの一室となった。何人もの社員を雇うようになって、そこも手狭になり、都心にある、真新しいビルのワンフロアが父の「会社」になった。

「そうなんだ。お父さんが再婚したのって、いつごろ？」

空になってしまったグラスをテーブルの片隅に追いやると、カエデは身を乗り出すようにして訊いてきた。

「去年の六月」

「じゃあ、一年ちょっと前ね」

緑は黙ってうなずいた。再婚相手、つまり「ママハハ」となった人が父の高校時代の同級生で、同窓会で再会したのが結婚のきっかけだったことを、緑は披露宴のスピーチで知った。

「ってことは、何歳？」

「四十六歳。お父さんも悪趣味だよね。どうせなら、若くてきれいな人と再婚すればいいのに」

「じゃあ、二十歳くらいのお姉さんだったらよかったんだ」

「それ、究極の選択」

緑はため息をつく。若くてきれいなだけというのもいやだった。掃除や料理の腕が、家庭科を習い始めたばかりの緑と同レベルだったりしたら困る。

「もしかして、お父さんと同い年っていうのが引っかかるのかな」

「そう……かもしれない」

いや、きっとそうだ。言われて気づいた。彼女は高校のころから父を知っていた。緑の母親より前に。だったらなぜ、彼女は最初から緑の父と結婚しなかったのだろう？

「うちの父親が社長になる前は知らん顔してて、社長になったとたん、態度変えました、みたいな。なんか、そういうのってイヤ。てか、ロコツに財産目当てって感じ？　だいたい牡羊座と魚座なんて合うはずないんだし。血液型だってＡＢとＯだもん」

「だから、離婚させたいと思ったんだ」

「まあね。そんなとこ」

「でも、再婚したのって、だいぶ前でしょ。もっと早く離婚させようって思わなかったの？」

「思ったよ。思ってたけど……。少し様子見てからにしようかなって。ほら、スピード離婚って、頭の悪い芸能人みたいだし」

正直な話、どうやったらうまく離婚させられるのか、わからなかったのだ。下手に騒げば、緑のほうが追い出されかねない。預け先ならある。離れて住んでいるものの、祖父母は健在だった。

「もしかして、うちのサイトを見たのがきっかけになっちゃった？」

カエデが心配そうな顔になる。

「ううん。そんなことない」

確かにそれもあるが、オフィスＣＡＴの存在を知る前に決断していた。あのサイトを見なければ、別の手段を考えただろう。

「状況が変わったっていうか……」

緑は一昨日、塾の帰りに見た光景を思い浮かべる。

「知らない男の車に乗ってた」

「助手席に？」

「うん。見間違いじゃないよ。あれ、絶対、節子《せつこ》さんだった」

ダサくて古くさいセルフレームの眼鏡に、短く切り揃《そろ》えた髪。多少遠くからであっても、彼女だと識別する自信がある。

「でも、その男の人、お父さんの会社の人って可能性もあるんじゃない？」

「それはそうだけど。でも……」

「それ以外にも、心当たりがあるのね」

「うん。ここんとこずっと、変だった」

「その結果、あなたは節子さんが何か良からぬことを企《たくら》んでいるらしいと思ったわけだ。もっと言ってしまうと……」

　少しだけカエデは口ごもったが、やがて意を決したように言葉を継いだ。

「節子さんがその男と浮気をしている、とか」

　少し迷ってからうなずく。考え過ぎだ、子供がそんな妙な想像をするんじゃないとたしなめられるだろうか。だが、カエデの反応は違っていた。

「わかったわ」

　いきなりカエデが立ち上がった。

「それじゃ、行きましょうか」

「どこへ？」

「あなたの家」

緑はまじまじとカエデを見つめる。

「あなたが何かあると感じたんだから、間違いなくあるのよ。それを調べに行くの」

「今すぐに？」

「だってあなた、財産目当てで結婚した節子さんが、多額の慰謝料を請求するんじゃないかって心配してるのよね。そうでなかったら、お父さんを殺して遺産を手に入れようとするとか」

「別にそこまでは……」

彼女がそこまであくどい人間だとは思いたくなかった。いや、思いたくないだけで、心の底では疑っていたのかもしれない。

「こういうことは早いほうがいいの。それに、あなたの家、そんなに遠くないんでしょ。電車で三十分くらい？」

目が大きく見開かれるのが自分でもよくわかった。

「この手の待ち合わせに使うなら、自宅からの所要時間はだいたいそんなものなのよ。それに……」

「それに？」

緑が訊き返すと、カエデはやや決まり悪げに付け加えた。

「私もあんまり時間がないんだ。歯医者に行くって言って出てきちゃったから」

地下鉄乗り場へ向かう通路は混み合っていて、やたらと歩きにくかった。大きなスーツケースを引きずっている人が多いせいだ。唐突にカエデが訊いてくる。

「節子さんって、どんな人?」

「フツーのオバサン」

短く答えながら、もしカエデの性別が違えば自分たちはけっこう危ない組み合わせだったな、と思う。二十代前半の男と小学生女子。年の離れた兄妹でも、従兄妹《いとこ》同士であったとしても、周囲の人々は疑惑の視線を向けてくるに違いない。

「そっか。そうだよねえ、フツーのオバサン。子供の目から見れば」

カエデが感心したように何度もうなずく。ちょうど改札口の真ん前だった。カエデはポケットから無記名式の乗車カードを二枚取り出すと、一枚を緑に寄越した。交通費は依頼人の自分が負担すべきではないかという考えが脳裏をよぎったが、ここは甘えることにした。券売機の前に長い行列ができていたからだ。

改札口を通り、階段を降りる。電車が行ったばかりなのか、ホームに立つ人影は思いのほか少ない。私もそうだったな、と不意にカエデがつぶやく。

「あなたくらいのころ、母親が老けてていやだった。うちの母、高齢出産だったからね。何を着てもダサく見えて。いっしょに歩くのがなんだかいやで」

「カエデさんも？」

「うん。おばあちゃんと孫に見られたらどうしよう、なんて妙に意識しちゃって」

「わかるわかる！」

「授業参観もいやだったな。うちの母親だけ浮いて見えるんだもの。周りはみんな若くてきれいなお母さんで」

それもわかる、と緑はうなずく。

「節子さんって、今年は役員さんになっちゃったから、毎月学校に来るんだよね」

「役員さんってPTA？　偉いじゃない。あれって誰もやりたがらないから、もんのすごい押し付け合いなのよ。知ってた？」

「節子さんも、ジャンケンで負けたって言ってたよ」

あんなに真剣な顔でジャンケンをする人たちって初めて見たわ、と彼女は楽しげに笑った。四月の懇談会の帰り道だった。

「うちの母親なんて、役員会のたびにぶうぶう言ってたな。面倒くさい、面倒くさいって。節子さんもそうじゃない?」

緑は頭を振った。たぶん、そういう面倒なことが苦にならない性格なのだろう。

「節子さんは平気みたいだけど、私が全然平気じゃないんだよねえ」

「そうね。授業参観以外にも憂鬱《ゆううつ》な日が増えるんだもの」

カエデが肩をすくめたところで、電車がやって来た。やかましい音と、顔に吹きつけてくる強い風と。

大荷物を抱えた一団が押し合いへし合いしながら降りていくと、緑たちは電車に乗り込んだ。あれだけの人数が降りていったのに、座席はきっちりと埋まっている。仕方なく、ドアの前に向かい合わせで立った。電車が動き出すのを待っていたかのように、カエデが口を開く。

「今にして思えば、不当な評価だったかもしれないな」

「何が?」

「少しばかり老けてるってだけで、母親を嫌ったこと」

ふっとカエデの表情が曇った。そのころの気持ちを思い出したのかもしれない。こういう嫌い方は間違っているとわかっていながら、それでも消せない嫌悪感。ママハハなんだから嫌ったって構わないと開き直ってみた緑だったが、いつも後ろめたさがつきまとっていた……。

「いいところもいっぱいあったのにね。料理が上手とか」

「節子さんも、料理は上手だよ」

家政婦さんの作る食事もそれなりのレベルだったが、節子さんの料理はそれより上だと緑も認めている。

「遠足とか運動会のときって気分いいよね。お弁当の蓋《ふた》を開けると、周りの友だちがワーッて騒ぐの」

「うんうん。すっごい優越感だよね」

先月の社会科見学のときも、節子さんは五時起きをして弁当を作ってくれた。他の子たちが持ってくる弁当と、中身そのものにたいした差はない。でも、蓋を開けた瞬間が違う。似たようなおかずのはずなのに、節子さんのお弁当はぱあっと明るく見えるのだ。

羨望《せんぼう》のまなざしの中で食べる弁当は、いつもこの上なく美味だった。だから、緑は節子さんのお弁当を残して帰ったことなどない。あの社会科見学の日もそうだった。

帰宅した緑が空の弁当箱をキッチンに持っていくと、焼きたてのブルーベリーパイの匂《にお》いが漂っていた。ちょうど節子さんがオーブンの扉を開けたところだったのだ。

不意に電車が大きく揺れた。あわててドアの脇《わき》にあるバーにつかまる。もうすぐ次の駅なのか、電車が速度を落とし始める。

「そろそろ訊いてもいいかな」

横揺れの中、うまくバランスを取りながらカエデが緑のほうへと顔を寄せる。

「節子さんの様子がおかしくなったのって、いつごろから？」

今まさに考えていた日を話題にされて、緑は驚く。

「一カ月前」

「何があったの？」

「電話。あれ、絶対ヘンだった」

早く手を洗ってらっしゃい、節子さんがそう言うのとほぼ同時に電話が鳴った。

「どうして変だと思ったの」

「しゃべり方と時間」

最初は節子さんの友人からだと思った。リビングからキッチンまで楽々届くほどの大声で、「まあ、おひさしぶり。なつかしいわ」と言っているのが聞こえたのである。ところが、途中から急に何も聞こえなくなってしまった。キッチンから洗面所へ向かう途中、リビングのすぐそばを通ったのに、何を話しているのか全くわからないほど低い声だった。

彼女が低い声になるのは、セールスや勧誘の電話のときだけである。ただ、それなら「要りません」の一言で終わっているはずだ。「おひさしぶり」とまで言っているのだから、その類ではない。

緑が手を洗ってうがいをして、制服から私服に着替えても、まだその電話は続いていた。結局、十五分近く話していたのではないだろうか。

「電話だけでもヘンなのに、その後の節子さんがまたヘンだったの」

ちょっと出かけてくるから、と言うなり彼女は、十年近く愛用しているというエトロのバッグを掴《つか》んで飛び出していった。

「いつもなら、ちゃんと着替えてお化粧直して出かけるのに。節子さん、スッピンで出てっちゃった」

「確かにそれは、あわてて飛び出したって感じね」

「でも、一番ヘンだったのは、ブルーベリーパイをほったらかしで出てったこと」

緑のために一切れ切り分けることもせず、かといって「一人で食べてて」とも言わずに出ていくなど、考えられなかった。そして、彼女が帰宅したのは約二時間後。ブルーベリーパイはすっかり冷めていた。

「あんまりヘンだから、電話の履歴、調べてみたんだ」

緑の家の電話機は、ナンバーディスプレイ対応機だった。つまり、かけてきた相手の番号と時刻はすべて履歴として残る。

「ケータイからかかってきてた。090だったから。ますます怪しいよね」

「全然覚えのない番号なの？」

「うん。うちの住所録とお父さんの会社の名簿、全部調べてみた。でも、同じ番号はなかった」

「その番号、メモしてある？」

緑はうなずくと、財布の中から折り畳んだ紙片を引っ張り出した。ここなら見つかる心配はない。節子さんは勝手に緑の持ち物を触るような人ではないが、念には念を入れたのである。

「公衆電話から何度か掛けてみたんだけど、電源切られてて、ダメだった」

「じゃあ、いつも向こうから掛かってくるだけなのね。何回くらい掛かってきた？」

「わからない。でも、私が学校行ってる間に掛かってきてると思う」

「どうしてわかるの」

「履歴が毎日消されてるから。着信も発信も両方とも」

今までは履歴などほったらかしだった。それがこの一カ月というもの、履歴がきれいに消されているのだ。試しに、家を出る前にこっそり117にかけてみたが、帰宅後に確かめるとその番号も履歴から消えていた。

「それに、節子さんの態度もヘンなんだ。なんかいつも上の空っていうか」

緑の話を聞き流すなど、今までになかったことだ。明らかにおかしい。

「で、見知らぬ男の車に乗ってるのを目撃したのが三日前ってわけね」

緑は答えずに、外へと視線を移した。闇の中を白い明かりが線になって流れていく。いくつか駅を通過した気がするが、どこを走っているのかはわからない。

「認めてあげてもいいって思ってたのに」

カエデに聞こえないように、小さな声でつぶやく。財産目当てという疑いを捨てたわけではないが、彼女の努力に少しは応《こた》えるべきだと考え始めていた。そろそろ「お母さん」と呼んでもいいな、と。その矢先のできごとだったのだ。

「事情はだいたいわかったわ。でも、うちに電話してくるよりも、お父さんに直接言ったほうが早かったんじゃないの？」

「どうせ聞く耳持たないもの。私なんか無視して、勝手に再婚しちゃった人だし」

「興信所に依頼するっていう手もあるわよ。うちの料金を払えるお金があるなら、素行調査を頼むこともできたんじゃないの？　動かぬ証拠をゲットできたかも」

「子供だからっていう理由で相手にされないと思った」

「うちなら大丈夫だと思った？」

まあね、と曖昧《あいまい》に言葉を濁《にご》す。いくらなんでも、そこで働く人に面と向かって「いかにも怪しげな会社だったから」などと言うわけにはいかない。

「それに証拠なんてどうでもいい。お父さんがちゃんと離婚できるなら。いくら証拠があったって、お父さんが許しちゃえばそれまでだもの」

だから興信所よりも、確実に離婚させてくれるというオフィスCATを選んだ。しかも、その会社なら「横取り」という形で別れさせてくれるという。そこがいい。節子さんの浮気が原因で離婚なんて、許せない。裏切られて捨てられるのは彼女のほうでなければならないのだ。

不意に窓の外が明るくなった。電車が地上へ出たのだ。あと二駅で、自宅の最寄り駅に着く。

「もうすぐだから」

何度この電車に乗っただろう。父を見送った帰りはいつも一人だった。最初は子供を一人で帰すことに難色を示していた父だったが、やがて折れた。危ないからと禁止するよりも、一人でできることを増やしたほうが結果的には安全だと思い直したらしい。いくら家政婦さんを頼んでも、緑が一人で過ごす時間は他の子供に比べて長い。

この先ずっと父子家庭で、父と二人きりで暮らしていくのだから、しっかりしなければと緑も思っていた。父が自宅で仕事をしているときには、邪魔にならないように気をつけたし、自宅の外で仕事をするようになってからは、寂しいなどと口に出さないよう心がけていた。

そんなふうに、うまくやってきた。最初から節子さんなど必要なかった。彼女はいなくてもいい、いや、いないほうがいい人だったのだ。

電車を降りると、緑は知った顔がいないかどうか、すばやく周囲を見回した。

「きょろきょろしてると、かえって怪しまれるよ」

カエデが笑う。

「そういえば節子さん、役員って言ったよね。ちょっとやりにくいなあ」

「なんで？」

「クラスメートの姉ですって言っても、すぐにバレるじゃない。お勤めでもしてて、他のお母さんとつき合いのない人なら、やりやすかったんだけど」

確かに、節子さんにその手の嘘《うそ》は通用しない。緑の交友関係は、だいたい把握しているからだ。しょうがないな、とカエデがつぶやく。

「節子さんの留守に不法侵入するから。やっぱり家の中を調べないとね。もう夕方だし、買い物くらい行くでしょう」

「どうかなあ……」

携帯電話の時刻表示を見る。すでに五時近い。掃除当番を代わってもらって学校を出てきたが、いつもより遅くなってしまった。節子さんはたいてい、緑が帰宅するまでに買い物を終えている。

「じゃあ、帰ったらすぐ、歯医者さんに行くことにする」

歯が痛いと嘘をつくのだ。カエデの「歯医者に行くと言って出てきた」という言葉から思いついた。他の病気よりも、歯の痛みのほうが仮病を見破られにくい。他の子供同様、緑も歯科医院が苦手だったが、節子さんを連れ出すにはこれしかない。

「これ、うちの合い鍵《かぎ》。マンションのエントランスもその鍵で開けられるから」

「驚いた。あなた、頭いいのね。今まで子供扱いしててごめんなさい」

いきなり頭を下げられて、緑は面食らった。この程度の思いつきで褒《ほ》められても、あまりうれしくない。

「部屋番号は八〇一。表札、掛かってるからわかると思う」

それから、と緑は携帯電話を取り出す。

「カエデさんの番号教えて」

「わかった。いい？　080の……」

教えられた番号を入力して、そのまま発信ボタンを押す。一拍置いて、カエデの携帯電話が鳴り出した。聴いたことのない着メロだった。

緑は発信履歴から、カエデは着信履歴からお互いの番号をアドレス帳に登録した。いざというときの連絡用だ。登録が終わると、緑は携帯電話をカエデに向けた。

「顔写真、撮らせて」

「いいけど。写真撮ってどうするの」

答えるより先に、わずかに眉根《まゆね》を寄せたカエデの顔を携帯電話のディスプレイに収めた。即座に画像を保存する。

「だって、合い鍵渡すんだよ。悪用されたら困るじゃん。何かあったら、これ持って警察に行けばいいわけだし。指紋もあるし」

「指紋？　私、どこか触ったっけ」

緑はポケットからプラスティック製のカードを取り出す。改札口を通った後、返すのを忘れたふりをしたのだ。自分の指紋でカエデの指紋を消してしまわないように、緑の部分以外は触っていない。

「これ、絶対指紋ついてるよね」

両の目を見開いた後、カエデは大きく肩を落とした。

「所詮《しょせん》、見習いよね……私って」

これだもの、とカエデは情けない声をため息とともに吐き出した。

歯科医院で虫歯が三本も見つかったのは誤算だったが、節子さんを自宅から連れ出すという企てには成功した。

帰宅して携帯電話の着信記録を見ると、カエデから留守電が入っていた。内容は、合い鍵を封筒に入れて郵便受けに入れたから回収して欲しい、というものだった。

メッセージを聞いた緑は、即座にエントランスの郵便受けへと走った。なんて無防備なことをするのだと、腹を立てていたのだ。先に郵便受けを見るのが緑とは限らないというのに。

だが、郵便受けを開けて納得した。花柄の封筒には、鉛筆で『竹田緑さま』と書かれていた。これならどう見ても、クフスメートが投げ込んでいった封筒だ。節子さんの性格から考えて、ここまではっきり緑に宛てたものを勝手に開封するはずがない。

カエデにフルネームを教えた覚えはないから、名前の入った持ち物でも見たのだろう。決して気分のいいものではなかったが、仕方がない。留守中に家の中を調べることを許したのは自分自身だ。

封筒の中には、外から触れてもわからないように紙に包んだ合い鍵と、『三日後に連絡します』というメモが入っていた。

だから、携帯電話に連絡を入れてくるのだと思っていたが違った。三日後の下校途中、電車を降りるとホームでカエデが待っていた。

「時間がないから、用件だけ言うわね」

また歯医者に行くと嘘をついて抜け出してきたのかもしれない。ホームの端まで歩いてから、カエデは口を開いた。

「ひとつは答えで、もうひとつは質問。まず、節子さんは浮気をしていない。こっちは答えね」

「ほんとに？」

「話を聞いた時点でわかってたの。だって、好きな人に会いに行くのにスッピンで飛び出していくはずないじゃない」

それはそうかもしれないが。ただ、それは最初だけで、二度めからは着飾って出かけているかもしれない。緑がそう言うと、カエデはその可能性はないと答えた。

「節子さんの洋服ダンスを調べたら、よそ行きの服は全部クリーニングのタグがついたままになってたもの。最近、着た形跡があるのは、ＰＴＡの会合に着ていくようなお堅いスーツだけよ」

「じゃあ、節子さんは何してたの？　この一カ月、全然フツーじゃなかったもん。あの電話は何だったわけ？」

何もないはずがない。三日前、カエデ自身も同じことを言った。間違いなく何かある、だから調べに行く、と。

「でも、節子さんは潔白だった。これで、お父さんを無理矢理離婚させる理由は消えたわけだけど……」

「カエデさん、知ってるんでしょ。何があったのか教えて」

「知りたい？」

緑は大きくうなずく。

「それがもうひとつの用件、質問のほう。節子さんが本当は何をしていたのか、知りたいかどうか」

「だったら、イエス。教えて」

カエデはじっと緑の目を覗《のぞ》き込んでいたが、やがて静かに「わかった」と言った。

「ただ、すぐに教えるわけにはいかないの。次の土日、お父さんはお休み？」

緑は頭を振った。このところ、父はまともに休みなどとっていない。帰宅さえままならないこともあるらしい。

「たぶん、ダメだと思う。今、決算期だったか、株主総会だったかで、死ぬほど忙しいんだって。節子さんが言ってた」

「そう……。なら、何か別の方法を考えなきゃね」

「お父さんがいないと困るの？」

カエデはそれには答えず、じっと腕組みをしてうつむいている。緑が焦《じ》れてくるころになって、ようやくカエデは顔を上げた。緑が乗ってきたのとは反対方面に向かう電車がやかましい音で駆け込んでくる。

「緑ちゃんなら大丈夫よね、きっと」

いきなり名前を出されて戸惑った。下の名前を知られているのはわかっていたが、それでも実際に呼ばれてみると妙な感じがする。

「また連絡するわ。なるべく早く」

それだけ言って、カエデは到着したばかりの電車に乗り込んだ。

なるべく早くと言っただけあって、次の「連絡」はその翌日に来た。やはり下校途中ではあったが、今度は自宅の最寄り駅ではなく、校門を出てすぐのところだった。

クラスメートと三人で並んで歩いているときだった。緑のすぐ真横に乗用車が停まった。

「緑ちゃん」

呼ばれて目をやると、運転席の窓からカエデが手を振っている。よくよく見れば普通の乗用車ではなく、営業用のワゴンだった。車体には『＊＊不動産』と大きな文字で書かれている。

「ごめん。親戚のお姉さんなんだ。先に帰ってて」

とっさにクラスメートたちに嘘をつくと、緑は車に駆け寄った。

「乗って」

カエデの口調にはどこか切迫した響きが感じられた。緑は急いで助手席のドアを開ける。好奇心丸出しの顔で見ている友人たちに手を振ってから車に乗り込んだ。

「この車、カエデさんの……じゃないよね。煙草臭いもの」

助手席に乗り込むなり、緑は顔をしかめた。エアコンが入っているから、窓を開けるわけにもいかない。

「借りたのよ。営業車だから煙草の臭《にお》いは我慢して」

カエデが車を急発進させる。運転技術はお世辞にもうまいとは言えなかった。

「これ、レンタカーじゃないよね」

「ヒナコさんの友だちから借りた。その人の勤め先の車」

「ってことは、全部しゃべったんだ、ヒナコさんに。……怒られた？」

カエデは無言のままハンドルを切った。相当怒られたのだろう。

「でも、私一人じゃ事が大きすぎた。それでヒナコさんに助けてもらったの」

事が大きすぎた、とはどういう意味なのだろう。単にカエデの能力が低いということなのか、節子さんがとんでもないトラブルに遭遇しているということなのか。だが、その問いを口に出すのはためらわれた。代わりに、どこへ行くのかと尋ねてみる。

「お父さんの会社。大変、急がなきゃ」

緑の学校から会社まで、車なら十五分程度の距離である。まだ父子家庭だった当時、緑の学校に近いという理由で父は今のオフィスに決めたのだ。

交差点の手前で、信号が赤に変わった。シートベルトが音をたてて胸に食い込む。もう少し静かにブレーキをかけて欲しいと抗議したかったが、カエデが口を開くほうが早かった。

「電話かけるから、絶対声出さないでね」

カエデがドアポケットから何かを引っ張り出す。インカムだった。運転しながら通話するつもりなのだ。

「運転中のケータイは禁止でしょ」

「バレなきゃいいのよ。今から緑ちゃんのお父さんに嘘をつくけど、悪く思わないでね」

早口に言って、カエデがインカムを装着した。

「わたくし、＊＊不動産の早川と申します。社長室につないでいただけますか」

早川？　ひとつめの嘘だ。

「用件はですね、社長のお嬢さんがわたくしどもの営業車と出会い頭に接触してですね、救急車で運ばれたところなんです」

ふたつめの嘘。カエデの口調が切迫したものになっている。迫真の演技だ。隣で聞いている緑まで動悸《どうき》が速くなる。

少し間をおいた後、「社長さんですか」とカエデが尋ねた。今、電話口の向こうには緑の父がいるのだ。

「すでにお嬢さんと奥様は救急車で病院に向かっているんですが、お嬢さんの血液型はAB型だそうですね。わたくし、奥様から社長さんを迎えに行くように頼まれまして、今、そちらに向かっています。……ええ、そうです。万が一、輸血の必要が生じた場合……」

合い鍵で部屋に入ったとき、緑の血液型も調べておいたに違いない。父も緑も共にAB型。日本人には最も少ないとされている血液型である。

「はい。あと五分ほどでそちらに着くと思います。はい……ええ……＊＊不動産の早川、早川梨沙です。念のために、社の番号を申し上げましょうか？　奥様は携帯の電源を切ってらっしゃるでしょうし」

カエデがあっさりと電話番号を告げるのを聞いて、緑は仰天する。大丈夫なのだろうか。もしも、本当に電話をかけられたら、たちどころに嘘がばれてしまう。

通話を終えた後も、カエデはインカムをつけたままで運転を続けた。いつの間にか信号は青に変わり、車は猛スピードでバス通りを突っ走っている。電話の内容に気を取られていて、いつ走り出したのか気づかなかった。

「大丈夫。ヒナコさんの友だちだって言ったでしょ。今の番号、早川さん直通だし」

よほど心配そうな顔をしていたのか、緑が訊くよりカエデのほうが先だった。

「それより、緑ちゃん、後ろに隠れてくれない？　お父さんと話が終わるまで、見つかるとまずいんだ」

父の会社の近くで、カエデは車を路肩に停めた。後部座席に隠れろということかと思ったが、カエデはいったん車を降りて、跳ね上げ式の後部ドアを開けている。どうやら隠れる先は荷物室のほうらしい。

しかし、ためらっている暇はない。時間がないのは承知していたし、ここで緑がぐずぐずすれば、「子供を無理矢理荷物室に押し込む図」になってしまう。緑は急いで狭い荷物室の中にうずくまる。

再び車が猛烈な勢いで急発進した。これでは、隠れるつもりでなくても身を縮めていないと危険だった。

「もしかして、カエデさんて運転苦手？」

荷物室から運転席のカエデへと問いかける。問わずにいられない運転だった。

「いつもはもう少しましなんだけど」

時間がないから、と言われたようだったが、確かめることはできなかった。カエデが急角度でハンドルを切ったのである。

しばらく走った後、またもすさまじい急ブレーキで車が停止した。助手席のドアが開く音がする。緑は思わず身を固くする。

「早川さんですか」

父の声だった。どうぞ、とカエデが答える。それ以外、挨拶《あいさつ》らしい挨拶もないまま、父が助手席に乗り込む。事故の経緯も、収容先の病院の場所も訊こうとしない。動転しているのだ。緑の父は、感情的になるほど押し黙るタイプだった。だましてごめんなさい、と緑は心の中で謝った。

車が動き出す。さっきに比べればずいぶん緩やかだったが、それでも十分に急発進と呼べる速さだ。

「先にお詫《わ》びしておきます。私は＊＊不動産の早川じゃないんです。お嬢様から調査を依頼された者で、篠原と申します」

どういうことだと訊き返す声が低い。

「数日前、奥様の様子がおかしいから調べて欲しいと」

正確には調べて欲しいではなくて、別れさせて欲しい、だったのだが。

「手短に申し上げます。奥様は大金をだまし取られています。すでにご自分の口座から一カ月前に二百万、三日前に百万の計三百万が引き出されています。その男は、奥様の知り合いで……」

　思わず声を上げそうになり、緑は口許《くちもと》を両手で押さえた。

「経済誌の名を借りたスキャンダル誌の記者、と言えば事情はおわかりですね」

　父は答えない。

「ご自宅のパソコンに残った履歴を見て、奥様が何を調べようとしたのか、何を隠そうとしたのかはだいたいわかりました。それに、御社は急成長を遂げていますから、ネットでの噂《うわさ》もまた多い……」

「所詮、噂だ」

　吐き捨てるように父が言う。何の話をしているのだろう?

「たとえ噂でも、身内にしてみれば放置できません。たぶん、その男は脅迫という形ではなく、正当な報酬として金を要求したんだと思います。あちこちに手を回して、事実が明るみに出るのを止めてやるからとでも言ったんでしょう。相手は雑誌記者ですからね。奥様はその話を信じて、必要経費として三百万支払ったんだと思います」

　話の内容がわからない。緑に理解できるのは、節子さんが知り合いの男に三百万という大金を渡したということだけだ。

「その男は一両日中にまた大金を要求してくるはずです。あの手合いは、搾《しぼ》り取れるうちに徹底的に搾り取ろうとしますから。あなたが検挙されてしまえば、隠蔽《いんぺい》工作のためという口実がなくなってしまいます」

ケンキョ？　どういう意味だっけ？　緑は震える膝《ひざ》をしっかりと抱え込む。

「今から警察に行って事情を話してください。でないと、奥様はあなたを守るために街金に手を出しかねませんよ」

相変わらず父は沈黙している。

「逮捕状が出るのは時間の問題です。それはおわかりでしょう？　わかっているからこそ、決算も株主総会もとっくに終わったのに、休日返上で会社にいらっしゃるんですよね。証拠隠滅の作業のために」

逮捕状。証拠隠滅。緑にも事情がわかりかけてきた。父は何か「犯罪」に手を染めていた。強盗や殺人ではないのはわかる。社長という肩書きを持つ人々が逮捕されるニュースでは、やたらと小難しい言葉でその罪が語られる。おそらくその類だ。

いち早くその情報を得た節子さんの知り合いの男は、親切を装って三百万もの大金をだまし取った。節子さんは父を守るために、自分の貯金をとり崩した……。

車が停まった。交差点だろうか。助手席のドアを開ける音がした。失礼する、と短く告げる声と。

「お父さん、待って！」

緑は後部座席のシートから身を乗り出した。ドアに手をかけたまま、父が振り返る。驚きに見開かれる目。カエデの言葉は真実だった。でなければ、こんな顔をするはずがない。

すみません、とカエデが頭を下げる。

「どうしてもお話しする時間が欲しかったんです。なかなかご自宅にお帰りになれないとのことでしたから」

一瞬、父の頬《ほお》が怒りに染まったが、傍らの緑と目があったとたん、それは悲しげな表情にとって変わった。

「カエデさん、悪い人じゃないよ。だから、言うとおりにして。節子さん、ずっと心配してたんだから」

最初の電話の後、化粧をすることすら忘れて飛び出していった彼女。この一カ月という もの、彼女はずっと上の空だった。あれは浮気相手に気を取られているのではなく、緑の父を思ってのことだったのだ。

「奥様とよく話し合ってください。ちょうどいらっしゃったようですから」

カエデに言われて窓の外を見ると、いつの間にか車は病院のロータリーに停車していた。タクシーが緩やかにカーブを切って、緑たちの車を追い越していく。

「奥様にも嘘の電話をかけたんです。ここの病院に緑ちゃんが運び込まれたって」

カエデがやたらと運転を焦っていたのは、時間を気にしていたのだと気づく。節子さんがここへ着くのに合わせて、父と緑を連れてくることができるように。

「本当にすみません。でも……」

「いや、いいんです。こちらこそ、ありがとうございました」

父が逮捕されるという実感が緑にはまだない。それでも、大丈夫だよと言ってやりたかった。節子さんもいるから、と。

すぐ前で停まったタクシーのドアが開いた。飛び出してくる人影。節子さんだ。よほどあわてていたのだろう、エプロンをつけたままジャケットを羽織っている。

節子さん、と呼びかけながら、緑は荷物室から飛び降りる。振り向いた顔は蒼白《そうはく》だった。すぐに驚愕《きょうがく》の表情が浮かび、ゆっくりと安堵《あんど》に変わっていく。この一カ月、彼女が心配していた相手は父だけではなかったのだと、緑は悟った。

「お母さん！」

再び驚きの表情を浮かべたその人のもとへ、緑は走り出した。

カワウソは二度死ぬ

「うちの姉、男運が悪いんです」

初対面の相手に向かって言う台詞《せりふ》ではないな、と辻堂美咲《つじどうみさき》は少しばかり後悔した。にも拘《かか》わらず、一度口に出してしまうと止まらなかった。

「妹の私が言うのもあれですけど、美人なんですよ。頭もいいし」

これがそこそこ可愛《かわい》いとか、ほどほどに成績が良いとかであれば、自分と比較して僻《ひが》んだり、妬《ねた》んだりしていたかもしれない。けれども、姉の知花《ともか》はそんな気を起こさせないほど完璧《かんぺき》だった。だから、美咲も「自慢の姉」と胸を張っていられた。

五歳という年齢差も良い方向に作用したのだろう。病気がちで入退院を繰り返していた母親に代わって、知花はずっと美咲の面倒を見てくれた。泳ぎを教えてくれたのも知花だったし、夏休みの工作も手伝ってもらった。家庭科の提出物なんて、知花がいなかったら一度たりとも期限を守れなかったと思う。

知花は美咲にとって理想の女性とも言える存在だった。なのに……。

「なのに、どうしようもない男にばっかり当たるんです」

美咲の知る限り、知花が真っ当な男とつき合っていたことはなかった。最もまともに見えたバツイチの会社員は、元妻以外の女性にも子供の養育費を支払っていた。しかも、最終的には知花を捨てて他の女性と入籍してしまった。最も胡散臭《うさんくさ》かったのは、就労ビザが切れて不法滞在していた外国人の男。国籍は知らない。この男はある日突然、行方をくらました。

他にも役者志望のフリーターだの、DV男だの、絵に描いたような「ダメ男」ばかりだった。それが美咲には不思議でならない。

「その気になれば、いくらでもいい男を捕まえられるはずなのに」

平凡な容姿で平凡な大学を卒業し、ぱっとしない会社にやっとの思いで就職した自分などとは違う。

「でも、お姉さんは一向にその気になってくれない。あなたがいつも心配して、気を揉《も》んでいるのに」

皆実雛子《みなみひなこ》と名乗った女性は、そう言ってふわりと笑った。その笑顔はどこか知花に似ていた。大丈夫よ、心配しなくていいの、そう言って美咲を力づけるときの笑顔に。

「そうなんです。お姉ちゃん、私の言うことなんて全然聞いてくれなくて。そりゃあ、私じゃ頼りないのはわかるけど」

「別に辻堂さんのせいじゃありませんよ。身内の忠告って、そういうものなんです。耳に痛い言葉は八割がた聞き流されてしまう。或いは、聞く片端から忘れていくか。思い出すのはたいてい、取り返しがつかなくなった後です」

そう言って雛子は小さく肩をすくめた。が、すぐに真顔になって美咲の目を覗《のぞ》き込んでくる。

「今回は、相当たちの悪い男に当たったんですね。大金を払ってまで別れさせたいほど」

美咲は何も言えずにうつむいた。そのとおりだった。

話を聞く限り、その男は「ましな部類」に思われた。国籍不明でもなければ、妻帯者でもなく、離婚歴があるわけでもない。非正規とはいえ職にも就いている。知花より五歳年下、つまり美咲と同じ二十四歳という点も、その年齢で三回の転職歴があることも、ほんの少しだけ引っかかりを覚えたものの、取り立てて問題視することもないと思い直した。今度こそ幸せになってほしいと思っていた。

「年下とつきあうのって初めてじゃない？　だから、なんかすっごい新鮮なの。ちょっと頼りない人なんだけどね。でも、その分、二人で一緒にがんばれそうな気がする」

そう言って、知花が差し出した写メを見るまでは。知花と並んで笑っている顔には見覚えがあった。携帯電話の小さな液晶画面であっても、美咲には判別がついた。

カワウソだ、と内心でつぶやいた。川田拓也《かわだたくや》。大嘘《おおうそ》つきの最低男。だから「カワウソ」と命名した。

カワウソの写真を処分するのを手伝ったのは、ほんの一カ月前の話だ。泣きじゃくる親友の琴美《ことみ》を慰め、時には一緒になって激怒しながら。

「ただね、仕事の関係で今は静岡に住んでるの。遠恋ってほどの距離でもないけど、週末しか会えないのがちょっと寂しいかな。でも、新幹線で会いに行くのって旅行気分で楽しいから、差し引きゼロってやつ？」

他人のそら似であってくれればという願いは呆気《あっけ》なく打ち砕かれた。カワウソも静岡在住だった。カワウソと琴美は平日の夜に、中間地点である小田原や横浜で会っていた。

いや、中間地点だったのは最初のころで、次第にそれは静岡寄りへとずれて、沼津や三島、或いは琴美が静岡まで出向くことになったという。つまり、カワウソは自分が負担する交通費を減らしていったということだ。

「お姉ちゃん、彼とつきあい始めたのって最近だよね？」

「黙っててごめん。もう半年になるんだ。最初はね、すぐ別れちゃうかもって思ってたの。五歳も年下だし」

カワウソが二股《ふたまた》をかけているとわかって、琴美が別れたのは一カ月前だった。そして、その相手の女というのは琴美と同い年だったと聞いている。五歳年上ではない。

「毎晩、同じ時間に電話がかかってくるとか、高校生みたいでしょ？　それ、どきどきしながら待ってるの。彼、仕事終わるの遅いんだけど、必ず電話くれるのよ」

違うよ、お姉ちゃん。美咲は心の中で反論した。遅い時間に電話がかかってくるのは、他の女と会った帰りだからだよ。それに、仕事なんて嘘。琴美には土日出勤だなんて言ってたんだから。そいつ、フリーターですらないんだよ。司法試験受けるとか言って親に金出させて、申し訳程度に勉強してみせて、あとはぶらぶらしてるだけなんだって。女癖が悪いのだって、まともに相手をしてくれる友だちがいないから……。

けれども、それを知花に言うのはためらわれた。大泣きしている親友の顔が浮かんだ。琴美はカワウソの正体を自分で突き止めたわけではない。相手の女から知らされたのだ。ただ、それをすんなり信じたのは、思い当たる節があったからだろう。

よくよく考えればおかしいことだらけなのに気づかなかった自分が情けない、そう言って琴美は悔《くや》しそうに顔を歪《ゆが》めた。恋敵に好きな男の化けの皮を剝《は》がされるのと、妹に指摘されるのと、どちらがプライドを傷つけるだろう？

結局のところ、美咲は姉のプライドを傷つけたとしても男の化けの皮を剝ぐほうを選んだ。カワウソの手口を事細かに知らされていただけに、それに騙《だま》される知花を間近に見るのは耐えられなかった。

しかし、琴美と違って知花はそれを受け入れようとはしなかった。やはり恋敵と違って妹だからだろうか。それとも、ダメな男に慣れきっている知花には、男の嘘など別れる理由にはならないのだろうか。

確かに、妻子がいるわけでもないし、いきなり行方不明になるような男でもなさそうだ。暴力を振るうといった形跡もない。事件に巻き込まれはしないかと気を揉むこともない。役者志望のフリーターのときのように、貢《みつ》がされることもない。

ただ、それだけに危険な気がした。妻子はいないが、他に女が複数いる。国籍不明ではないが、働く気がない。暴力は振るわないが、平気で嘘をつく。大金を要求したりはしないが、自分からは全く財布を開こうとしない。静岡までの交通費はもちろん、おそらくホテル代や食事代も知花の負担だろう。

どれかひとつだけなら、ぎりぎり目をつぶることができる欠点と言えなくもない。もしかしたら、知花もそうやって自分を納得させているのかもしれなかった。それらの欠点が「どれかひとつ」ではないことから目を逸《そ》らしつつ。

美咲が最も危険だと思うのは、琴美が最近になってカワウソとよりを戻してしまったことだ。あれだけ大泣きして、携帯電話の画像やメールを消去し、写真やプリクラを全部ゴミ袋に放り込んだ。一度は別れたはずだった。にも拘わらず、琴美はカワウソからの電話に出てしまい、再び会う約束をした。会ってしまえば、後はいいように丸め込まれてしまったに違いない。

たぶん、知花も同じことになる。いや、自分から別れを切り出すことすらできないだろう。カワウソに捨てられるまで、ずるずるとつきあい続けてしまうに違いない。むしろ、さっさと知花を捨ててくれればいいが、複数交際を平気でやってのける男である。いつまでも「その他大勢の一人」として知花を拘束し続ける可能性が高い……。

そんな矢先だった。うっかり携帯電話の操作を間違えて飛んでしまったリンク先に、オフィスＣＡＴの広告を見つけたのは。

＊

妹の美咲に言われるまでもなく、わかっていたことだった。拓也が嘘をついているかもしれない、ということくらい。

職歴を聞いた時点で、違和感はあった。就職氷河期で正社員になれなかった、というのはわかる。拓也と同い年の美咲も就活では苦労していた。それでも美咲は小さな会社に正社員として入ったが、拓也が選んだのはコンビニの店員だった。学生時代にバイトをしたことがあって、勝手が分かっていたからだという。

そして、店員をやりながら転職活動をし、次に選んだのがなぜか医療事務。そこも半年足らずで辞め、ＩＴ関連の会社に契約社員として入社した。知花と知り合ったのは、ちょうど転職直後のことだったらしい。

一貫性のなさには気がついていた。それに、医療事務の仕事に就くには資格がいる。資格を持っているなら、新卒の時点でなぜその仕事を選ばなかったのか。病院の規模にもよるかもしれないが、少なくともコンビニの店員より実入りはいいはずだ。

仕事もせずにふらふらしている、と美咲に言われて納得がいった。医療事務の仕事をしていたのは拓也本人ではなく、当時つきあっていた相手のほうだろう。彼女が言っていた台詞《せりふ》や専門用語をなぞれば、十分にそれらしく見える。実際に病院勤務でもしていない限り、その嘘を見破ることは難しい。

ＩＴ関連の会社、というのも同じ理由で選んだ偽りの職歴に違いなかった。医療事務に関しては母親が入退院を繰り返していたおかげで、なんとなくおかしいと気づいたが、ＩＴ関連のほうは疑いもしなかった。

なるほど、社会人経験がない人間がつく嘘としてはよくできている。もともと頭はいいほうなのだと思う。でなければ、「司法試験を受け続ける」とはならない。たぶん、拓也は試験に落ち続けている自分が許せないのだろう。役者志望と言いながら、何もせずに遊んでいるより、ずっとましだ。

過去につきあっていた女と切れていないこともうすうす知っていた。携帯メールが来るたびに顔を曇らせていたから、理由を尋ねたら、しぶしぶ「元カノにつきまとわれている」と認めた。

だから、半ば強引に新しい携帯電話を買ってやった。電話番号やメールアドレスが変わってしまえば、連絡の取りようはなくなる。実家の固定電話は変えられないが、家族に事情を話しておけば、取り次がずに切ってもらえる。

しつこくつきまとっている元カノが美咲の親友だったことは少なからずショックだったが、それでも今は別れたのだから問題はない。むしろ、別れたという事実を教えてくれた美咲に感謝したいくらいだ。

過去に誰とつきあっていようと、過去に女が何人いようと、今が自分一人ならそれでいい。いや、浮気のひとつくらいなら許せる。最終的に自分を選んでくれるのならば。

違う。選ばれなくても構わないとさえ思う。そういう男だとわかっていて、それでもつきあっているのだ。

「好きになっちゃったんだから、しょうがないじゃない」

思わずつぶやく。美咲に同じことを言ったら、心底呆《あき》れたという顔をしていたっけ……。

「理屈じゃないんだもの」

自分でも意外だった。ここまで理屈抜きの恋愛ができるとは。自分という女はもっと見栄っ張りで、もっと計算高いと思っていたのだ。今までずっと、仕事ができるとか、容姿端麗とか、いい大学を出ているとか、そういう条件付きで恋愛をしていた。不法滞在の外国人とつきあったのも、英語で恋愛ができる自分に酔っていたからだと今ならわかる。

彼らに比べたら、拓也には何もない。見た目は凡庸だし、学歴にしても聞いたこともないような名前の大学である。美咲の言葉が事実なら、定職に就いてもいない。けれども、そんなことがどうでもいいと思えるほど、拓也が好きだった。何の見返りがなくても、ただ好きでいられれば満足できる。

決してイケメンではないし、笑うと目尻に皺《しわ》が寄って、やや老けた印象になる。でも、そこがいい。ほっとするというか、心がなごむというか。

小さいころに好きだった絵本に出てきた「おじいさんの樹」に似ているからかもしれない。森の小さな動物たちが隠れ家にしたり、鳥たちが翼を休めにやってきたりする、心優しい樹だった。自分にとって拓也はまさにそういう存在だと思った……。

騙されているかもしれないなんて、とっくの昔にわかっていた。それでもいいと思ったのだから、自己責任というやつだ。誰に迷惑がかかるわけでもない。もう三十に手が届く大人なのだから、自分のしたことの責任くらい取れる。

「私が好きなら、それでいいの」

他にほしいものなんて、何もない。貢ぐ気はさらさらないけれども、相手に何かを与えることがこれほど心地よいものだとは知らなかった。

これまでつきあってきた相手に何か買ってもらったり、高いお店でごちそうされたりするたびに、遠慮したり申し訳なく思ったりする必要はなかったのだと知った。彼らはこんな満足感を味わっていたのだから。

そう、自分は今、満ち足りている。幸せだ。あのとき、美咲にもそう言ってやればよかったのだ。そうすれば、あんなふうに喧嘩《けんか》にならずにすんだ。

つい、大人げない口論をしてしまった。わかりきったことを訳知り顔に言われるのが、あれほど腹立たしいものだとは思わなかった。今も母親が生きていれば、美咲とではなく母親と口論していたかもしれない。

ただ、八年前に他界した母親に続いて、昨年、父親も急死した。今では美咲はたった一人の家族である。それを思えば、美咲の行き過ぎた心配も理解できなくもない。立場が逆なら、自分もまたお節介なほどに口を挟《はさ》んだだろう。

仲直りしなければ、とは思う。自分のほうが年上なのだから、先に折れるべきだ。頭ではわかっているのに、なかなか実行に移せなくて、先週はひたすら気まずい一週間を過ごした。土曜日の今日も、顔を合わせたくなかったのか、美咲は早朝から出かけてしまっていた。

しかし、知花のほうはなんだか何もする気が起きなくて、朝から家の中でだらだらと過ごしていた。拓也に会いに行く週と行かない週の落差は、我ながら呆れるほどである。

会いに行く週末は、平日よりも三十分早く起きる。とはいえ、いつもより念入りにメイクをするから家を出るのは平日と変わらない。服装は力が入り過ぎて見えないようにカジュアルなものを選ぶ。前日のうちに用意しておいても、朝になって気に食わなくて別の服を引っ張り出すこともある。

急がなければと思いながらも、着ていく服に迷うのは心楽しい。あと二時間ちょっとで拓也に会える、そう思っただけで周りの空気が春風のように暖かくなる。

それに比べて今朝のわびしさは、厳冬のビル街とでも喩《たと》えるべきか。加えて美咲とも喧嘩の真っ最中である。何もする気が起きなかったのも無理はない。

やっぱり美咲と仲直りしよう。自分から謝ろう。会えない週末をこんなふうにして過ごすのはいやだ。

散らかった部屋の中を見回して、知花はそう自分に言い聞かせた。

＊

険悪な状態を保ち続けるのがこれほど難しいことだとは思わなかった。電車を降りるなり、美咲はため息をついた。

『お姉さんと喧嘩してください』

いきなりそう指示されたときには面食らった。そんなの無理です、と言いながら気づいた。自分たち姉妹が今まで喧嘩とはほとんど無縁だったことに。

ちょっとした摩擦《まさつ》や衝突ならあるにはあったが、喧嘩には至らずに終わっていた。いつも知花が折れてくれたからだ。知花の恋人を悪く言ったときでさえ、喧嘩にはならなかった。もちろん、知花は気分を害したようだったが、反論してこなかった。

『大丈夫。難しいことじゃありません。さっき、私に話してくれたことの中から、お姉さんが一番カチンときそうなことをひとつ、選んでください。それを感情的にならずに淡々と、諭《さと》すように繰り返せばいいんです』

『どれかひとつを、ですか?』

『ええ。全部を言ったら、印象が散漫になってしまって、今ひとつ腹が立たないものなんですよ。ピンポイントに、くどくどと。これが相手を怒らせるコツです』

そんなものだろうか。それで本当に知花と喧嘩になったりするんだろうか。美咲が訝《いぶか》っていると、雛子は思い出したように言った。

『それから、大事なことをひとつ。お姉ちゃんのために言ってるんだからねって、忘れずに言ってください。これもできれば何回か繰り返して』

『お姉ちゃんの……ため?』

『あなたのためよっていう言葉、実はものすごく神経を逆なでするんです。親しい間柄であればあるほど』

だから普段は使っちゃだめですよ、と雛子は笑った。あのときは半信半疑だった。いや、七割くらい疑っていた。それでも実行に移したのは、それが雛子の提示してきた条件だからだ。カワウソと知花を確実に別れさせるための。

疑いつつも、美咲は知花に言ってやりたいことをひとつだけ選んだ。困っている人に弱い、という知花の弱点である。そもそも、知花がそういう性格でなければカワウソとは無縁でいられた。新幹線で隣の席に座ったカワウソが切符をなくしてパニクっているのを、見かねた知花がいっしょになって捜してやったのが馴《な》れ初《そ》めだった。

ただ、今になって思えば、車内のどこかで落としたというのも怪しいものだと思う。結局、切符はカワウソの服の内ポケットから見つかったのだから。

琴美の話によると、カワウソは他の女の存在がばれそうになると、「元カノにつきまとわれている」とか「友達の彼女に『よりを戻したいから協力して』としつこく頼まれている」といったことをさも迷惑そうに打ち明けるのだという。実際には現在進行形でつきあっている女を「元カノ」「友達の彼女」にすり替えた上で、無理難題をつきつけられて困り果てていることにしてしまうのだ。

世話焼きでお人好しの知花は、相談されると弱い。その女が本当に元カノなのかという疑いよりも、困っている彼をなんとかしてやりたいという気持ちが勝ってしまう。

他にもデート代をたかられているとか、相手の都合のいいときだけ電話がくるとか、言ってやりたいことは山ほどあったが我慢した。

時折、「お姉ちゃんのために言ってるんだからね」という言葉も持ち出した。驚いたことに、その効果は絶大だった。

最初は微《かす》かに眉《まゆ》をひそめただけだったが、二度めには明らかに不快そうな表情を浮かべ、三度めには怒りを露《あら》わにした。あとは雛子の言ったとおり、簡単だった。売り言葉に買い言葉、というやつだ。

それまでにも美咲がかんしゃくを起こしたり、文句を言ったりすることはあったが、知花と本気で喧嘩をしたのは初めてだった。捨て台詞を残して部屋を出ていく知花を半ば呆《ぼう》然《ぜん》として見送った。お姉ちゃんもこんなふうに怒るんだ、と意外に思いながら。

ただ、難しかったのはそこからだ。雛子の次の指示は、一週間、仲直りをしないこと。つまり、気まずい状況を維持し続けなければならない。

『なるべく顔を合わせないほうがいいでしょう。たぶん、あなたは喧嘩に慣れていないから、不安そうな顔をしてしまうと思うんですよ。それを見たら、お姉さんのほうから折れてしまうでしょうからね』

もっともな指摘だった。だから、平日はいつもより早く出勤して、深夜に帰宅するようにした。それを一週間も続けると、さすがに疲れて、今日は朝寝坊したいという誘惑に打ち勝つのが大変だった。それでも、必死で起き出して家を出たのは、雛子の指示は正しいと信じられるようになったからだ。

家を出た後は、夕方までネットカフェに入って仮眠を取った。これも雛子のアドバイスだった。この一週間で美咲がどれだけ疲労を蓄積させることになるか、織り込み済みだったのだろう。自宅からそう遠くない場所にある全国チェーンのネットカフェを教えてくれた。料金は割高だが、女性専用フロアがあって、身分証明書の提示を義務づけられているために比較的安全な店だという。

狭い個室では落ち着いて眠れないのではないかと思ったが、やはり疲れていたのだろう、目を閉じた瞬間に意識が飛んだ。携帯電話のアラームをセットしておいてよかったと心底思った。

すっきりした気分でネットカフェを出て、帰路についた。あとは仲直りだけだ。うまくいくだろうか？

いささか不安だったものの、これも雛子の言ったとおりになった。拍子抜けするほど簡単、だったのだ。

昨日までは黙ったまま自室に引き上げていたが、今日はちゃんと玄関先で「ただいま」と言った。すると、ぎこちなくはあったものの、「おかえり」という声が返ってきた。

居間でテレビを見ている知花の背中に「お姉ちゃん、ごめんね」と謝るのは決して難しくはなかった。むしろ、肩の荷が降りた気分だった。

「私、ひどいこと言っちゃった」

許してもらえるだろうか、という懸念はあっと言う間に払拭《ふっしょく》された。

「ううん。私のほうこそごめん」

心配してくれてたんだよね、という知花の言葉に涙が出そうになった。

「よかった。ちゃんと仲直りできた」

美咲が安堵《あんど》の息を吐くと、知花がくすくすと笑った。

「私たち、喧嘩するのって初めてだったものね」

「だって、いつもお姉ちゃんが譲ってくれたもん。私がどんなわがまま言ったって」

もしかしたら、それが間違いだったのではないかと思う。自分ばかりがわがままを通して、いつも知花が譲っていた、そのことが。

「もう私だって大人なんだから、お姉ちゃんがわがまま言ったっていいんだからね。ムカついたら怒ったっていいんだよ」

これは雛子のシナリオにはない台詞だ。けれども、言わずにいられなかった。言ってよかったと思った。

「ねえ、晩ご飯の支度、まだだよね？　外に食べにいかない？」

ただ、予定外の台詞で筋書きが変わってしまうのは困る。美咲は大急ぎで軌道修正を図った。この時間を選んで帰宅したのも、そのためだった。

「あのね、ファミレスの百円引きチケットがあるんだ。今月いっぱいのやつ」

国道沿いのファミレスは自宅からそう遠くなかったが、このところめっきり足を運んでいない。そもそも二人で外食する機会が激減していた。久々の外食がファミレスというのもどうかと思ったが、雛子によれば「不自然でなく誘えるし、幹線道路沿いという条件もぴったり」なのだそうだ。

「今から買い出し行って、何か作るのって面倒じゃん。外食しちゃおうよ」

そうね、とそのままの格好で立ち上がる知花を美咲は急いで押しとどめる。

「いくら近所だからって、すっぴんはダメだよ！」

おしゃれをさせる必要はないけれど、メイクだけはきちんとさせてくださいね、と雛子は言った。

「お姉ちゃん、最近、近場に出かけるとき手抜きしすぎてない？」

「そう？　別に手抜きしてなんか……」

「だって、今まではすっぴんで外出たことなんてなかったじゃん。ほら、フルメイクしろとは言ってないんだから」

　また喧嘩になるのではないかと心配だったが、知花は素直に洗面所に向かった。きちんとメイクしてよそ行きの服を着た美咲と出かけるのだから、当然といえば当然なのかもしれない。なるほど、雛子がくどいくらいに「ネットカフェを出るときには、ちゃんとお化粧を直してくださいね」と言ったはずだ。

　ファンデーションを塗って眉を描く程度の軽いメイクだったが、それだけでずいぶんと知花の顔は明るく見えた。カワウソとつきあい始めてからというもの、家にいる日にこんな知花を見たことがなかった。

「早く行こ！」

　知花の腕を引っ張るようにして歩き出す。やはり、何が何でもあの男と別れさせなければと、美咲は改めてそう思った。

＊

フルメイクとノーメイクの中間の顔を作るのは久しぶりだった。「作る」といった感覚がぴったりくるのは、すっかり勘が鈍っていたせいだろう。

以前は、出かける出かけないに関係なく、休日には軽くパウダーファンデーションをはたきつけ、眉だけを描いてカラーのリップクリームを塗った。それが当然だったから、何も考えなくても手が動いた。

それが今では、「会いに行かない」とわかっている日にはスイッチが切れたようにすべてがいい加減になってしまう。美咲に言われて反省した。確かに、近場に出かけるときに手抜きしすぎていた。

それに、ほんのちょっとでもメイクや服に気を使うだけで、近所への外出が段違いに楽しい。たとえ行き先がファミレスであっても。なんとなく、いつもより背筋が伸びているような気がする。もちろん、美咲と仲直りができたことで気分が明るくなっているのもあるだろうけれども。

会社での愚痴《ぐち》や噂話《うわさ》、そんな他愛のない話が面白くてたまらなかった。一週間、家の中でずっと押し黙っていたせいだろうか。しゃべり出すと止まらなかった。

もう私だって大人なんだから、という美咲の言葉が思い出された。今までずっと、五歳年下の妹としか見ていなかったけれども、言われてみれば同じ「社会人」なのだ。就職したばかりのころと違って、対等に話をしている。

いつの間にか、自分たちの関係は変化していたのだとしみじみ思う。少しばかり寂しさを覚えるのは、自分の中に「母親代わり」としての気持ちがまだ残っているせいだろう。

「なあに？　お姉ちゃん、どうしたの？　思い出し笑い？」

どうやら自分が微笑《ほほえ》んでいたらしいと気づく。まあね、とうなずいたときだった。

「あれ？　あの人……」

不意に美咲が怪訝《けげん》そうな顔で窓の外を指さした。駐車場に赤い車が停《と》まっている。決して繁盛しているとは言い難いファミレスである。土曜の夕方とはいえ、駐車場はがら空きだった。だから、降りて歩いてくる二人連れの姿はよく見えた。

「お姉ちゃんのカレシだよね？」

こんなところに拓也がいるはずがない。他人のそら似よ、と言いかけて口をつぐんだ。

あのジャケットには見覚えがある。知花がプレゼントしたものだからだ。自分のためには絶対に払わないであろう六桁の金額。それでも拓也に似合うと思ったからこそ買った。あのジャケットなら、遠目であっても見間違えたりしない。

「私、琴美にも写真見せてもらってたから、あの人の顔、はっきり覚えてるんだ」

美咲の言葉がひどく耳障りだった。黙っててよ、と口に出してしまったのか、そう思っただけだったのかはわからない。ただ、美咲が気まずそうに目を伏せた。それがますます知花の気持ちを惨《みじ》めなものにした。

たまらず目を背けると、まさに真横を拓也と見知らぬ女が通り過ぎようとしていた。女は拓也の腕にぶら下がるようにして歩いていた。一目でブランド物とわかる服に身を包んだ厚化粧の女。たぶん、知花よりも年上の。

私のほうが年上だからと、あれこれ気を回してきた。年下の女とちょっとくらい遊んでいても許せると思った。そのくらいの包容力はあると思いたかった。

「あの人、三十代だよね？　お姉ちゃんよりたぶん年上……」

美咲にもわかるのだ。間違いなく、あの女は私より年上。若くなんかない。そう思った瞬間、頭の中で何かが弾《はじ》け飛んだ。

いらっしゃいませ、お二人様ですかと店員が決まり文句を口にするのと同時に知花は立ち上がる。拓也とまともに視線がぶつかった。ほんの一瞬だけ浮かぶ狼狽《ろうばい》。そう、ほんの一瞬だ。見逃してしまえるほどの短い間。少し前の自分なら、きっと気づかなかったふりをしただろう。

知花が大股に歩き出したときにはもう、拓也の表情はいつもと変わらないものに戻っている。どう言い訳する気だろう。聞いてやろうじゃないの、そう思ったときだった。

傍らの女が拓也に何かささやいたのを見たと思った。次の瞬間、女は拓也の腕を引っ張るようにして走り出した。

「ちょっと！　待ちなさいよ！」

自分でも驚くほどの大声だった。みっともないな、と頭の片隅で考える。お姉ちゃん、と美咲が知花の腕を摑《つか》む。止めようとしてくれているのだろう。だが、それすら今は鬱陶《うっとう》しいだけだった。

乱暴に美咲の手を振り払い、知花は駆け出した。すでに二人は店を飛び出して、駐車場へと向かっている。思いの外、逃げ足が早い。ミュールなんか履いてくるんじゃなかった、と後悔した。

店の外に飛び出したところで、ミュールのつま先が階段に引っかかった。その遅れが致命的だった。車のドアが閉まるのが見える。

逃がすものか！

頭に血が上った。駐車場めがけて走る。急発進する車の前に立ちはだかる。フロントガラス越しに女と目があった。女は薄笑いを浮かべてハンドルを切る。車は知花の鼻先をかすめるようにして歩道を横切り、ウィンカーも出さずに車道へと突っ込んだ。

その後を追って、知花は走った。追いかけても無駄だとわかっていた。それでも走らずにいられなかった。

夕方の国道は交通量が多い。法定速度にやや足りないスピードで走っているからだろう、いつまでも赤い車が視界の中にある。なのに追いつけない。悔しい。

足がもつれた。勢い余って、前のめりに転んだ。顔から地面にうつ伏せに倒れる。まるで漫画のような転び方だ。びたーん、という文字が傍らに見えるような気がした。みっともない、とまた思う。

荒い息をつきながら体を起こしたときには、もう赤い乗用車は影も形もなかった。立ち上がろうとすると、目眩《めまい》がした。耳鳴りもする。いきなり全力疾走したせいだろう。知花はその場にしゃがみ込んで、しばらくじっとしていた。

少しずつ、呼吸がおさまり、耳鳴りも消えた。ゆっくりと立ち上がる。もう目眩はしなかった。どこかでミュールが脱げてしまったらしく、裸足《はだし》だったことに気づく。

裸足で国道を全力疾走する女。そんな言葉が思い浮かぶ。が、不思議と怒りも惨めさも消えていた。今度はみっともないとは思わなかった。

「あーあ。やっちゃった」

声に出してみると、ただただ、おかしくてたまらなかった。知花は声をたてて笑う。ミュールと一緒に何かが脱げて飛んでいった気がする。

夕刻の風を頬《ほお》に感じながら、歩道を引き返し始める。ざらりとしたアスファルトの感触が妙に心地よかった。

＊

あの後、知花と二人で携帯電話を買い換えに行った。雛子からは「そのままの勢いで携帯電話ショップに行ってください。翌日じゃダメです。すぐにでないと」と言われていた。

だから、忠実にそれを守った。

「いきなり音信不通になっちゃえばいいのよ。あいつ、絶対、あわてるから」

いい気味じゃない、と言うと知花は笑いながらうなずいた。そのときは、何も今日中に携帯電話の番号を変えなくてもよかったのかも、と思わないでもなかった。

「よかった。指示を守っていただけなかったら、余計な手間がかかるところでした。これくらい大丈夫だろうっていう自己判断が最後の難関なんですよ。全然、大丈夫じゃなかったりするんですけど、その辺って当事者にはわからないんですよね」

雛子はそう言って、数え終わった紙幣の端を揃えた。報酬の残りを支払うために雛子と会ったのは、火曜日の昼休みだった。夜ではなく昼間だったのは、「今週いっぱいは早めに帰宅して、お姉さんのそばにいてあげてください」と言われたからだった。

それにしても、あの日、ファミレスに現れた雛子は、どこから見ても「小金を持っていそうな三十代半ばの女」だった。今、目の前にいる雛子は二十代前半。好意的に見れば学生でも通る。まるで別人だ。

「服装とメイクと髪型。それが違うんだから、当然です。美咲さんだって、その気になればいくらでも別人になれますよ」

「そう……なのかなあ？」

「もっとも、美咲さんが『お姉ちゃんより年上だよね』って誘導したでしょう？　あれで、年上の女っていう印象が決定的になったんです」

　それが言葉の持つ力なのだと、雛子はまじめな顔で言った。服装とメイクと髪型、そして言葉による誘導。覚えておこう、と美咲は思った。

「ところで、あの男、どうなったんですか？」

「わかりません。私も携帯電話の番号を変えましたから」

　知花の電話番号が変わったのを確認した後、雛子もまた番号を変えた上でカワウソの前から姿を消した。

「同時に二人からフラれたってこと？　それで、少しは懲《こ》りたかな」

「それはどうでしょう。あの手の男は懲りないんです。一時的にはダメージを受けるかもしれませんけど、すぐにけろりとして、他の女を相手に嘘を重ねると思いますよ」

「そんなのって……」

　許せない、と言おうとする美咲を雛子がやんわりと遮った。

「でもね、あの男だって年を取るんです。若いころと同じ手管がいつまでも通用するわけじゃないんですよ。もっとも、その年齢になる前に、誰かにぶっすりやられるかもしれませんけど」

その「ぶっすりやる」女が知花でなくてよかったと思うべきなのだろう。

「そうそう。お姉さんの男運を上げる方法があるんですけど、知りたいですか？」

ふと思い出したように言う彼女は、いたずら好きな子供みたいだと思う。

「そんな方法、あるの？」

「ええ。美咲さんがいい男をつかまえること。幸せな恋愛をしている姉や妹がいると、不思議と男運って上向くんです。本当ですよ」

そして、雛子は「お釣りです」とチケットを二枚、美咲に手渡し立ち去った。

次の土曜日、美咲は知花と都内のホテルにいた。雛子がくれたのは、そのホテルのケーキバイキングの割引券だった。

あれから一週間。携帯電話の番号を変えたときには元気そうだった知花だが、二日三日と経つにつれて、少しずつ表情が暗くなっていった。失恋したという事実がじわじわとのしかかってきているのだろう。しばらくはそばにいてあげてください、という雛子の言葉はまたしても正しかったのだ。

「不思議よね。昨日までご飯食べるのも億劫《おっくう》だったのに、ケーキならいくらでも食べられるんだもの」

これでもかとばかりにケーキをてんこ盛りにした皿を手に、知花が笑っている。

「いいじゃん。がーっと食べて、ダイエットして、エステとか行っちゃってさ」

「で、いい男をつかまえる」

「そう！　あ、そっちの栗がのっかったやつ、おいしい？」

「うん。でもあげない。自分で取ってきなさいよ」

「ケチ！」

隙《すき》をみて知花の皿にフォークをのばしたが、ぎりぎりのところでガードされる。

「あんたの行動パターンなんてお見通しなの。子供のころから、ちっとも変わってないんだから」

「もう子供じゃないもん」

ふくれっ面を作ってみせながらも、今だけは小さな妹に戻ってもいいなと美咲は思った。

マイ・フェア・マウス

白い封筒には、ろくなものが入っていない。中身といえばつまらないもの、気が重いもの。欠席届であったり、退職願であったり、或いはお詫《わ》びの手紙であったり。心弾む手紙であれば、よほど鈍感な人間でない限り、もう少し気の利《き》いた封筒を選ぶ。

それでも、中身が手切れ金というのは初めての経験だった。白い封筒に入っていなくても、二十七年に及ぶ人生の中で手切れ金なるものを貰《もら》った経験など一度もない。

表書きには、細い万年筆で「海老根雪緒《えびねゆきお》様」とだけある。ペン習字のテキストにでも出てきそうな筆跡だった。整ってはいるけれども、温かみというものがまるでない。

こういうことって、現実にあるんだ……。

雪緒はため息をついてテーブルの上を見つめた。白い封筒はかなりの厚みだった。開けてみるまでもなく、金額が七桁なのがわかる。転居の費用としては十分だ。

「引っ越してくださらないかしら？」

そう言われたとき、自分が何を要求されているのかすぐには呑《の》み込めなかった。

「あなたが黙っていなくなれば、あの子もあきらめると思いますのよ」

ここでようやく、別れろと言われているのだとわかった。そして驚いた。臆面もなく、息子の恋人に別れ話を持ちかけてくる母親がいるということに。

「あの子が卒業するまで、あと四年もあるんですもの。それに、他の学部でしたらすぐにも働けるんでしょうけど」

彼は医学部生だった。一浪した後、私立の医大に入学し、やっと二年生になったばかりである。

「研修だの何やかやで、しばらくは結婚なんて……ねえ？」

彼の母親は微笑を浮かべたまま、小さく肩をすくめてみせた。もっと意地悪そうな顔だったらよかったのにと思った。もっとダサい服を着て、厚化粧もしくはスッピンで、金縁の眼鏡でも掛けていて。ドラマに出てくるマザコン息子の母親は、たいていそんなものだ。なのに、目の前の中年女性は、大学生の息子がいるとは思えないほど若々しく、また優しそうな目をしていた。

「失礼ですけど、それまで待っていただいたら、あなたも三十過ぎてしまいますでしょ？お互いのためにならないと思うの」

結婚なんて考えてませんから、と返す声はみっともないほど掠《かす》れていた。

「あなたにそのつもりがなくても、あの子は生真面目《きまじめ》で一途《いちず》なたちで。遊びでおつき合いなんてできませんし、都合のいいときに別れるなんて、とてもとても。かといって私が口をはさめば、火に油を注ぐようなものでしょう」

たとえ自分が彼よりも七歳年上でなかったとしても、彼女は同じ話をしただろうと思った。彼の実家が大きな病院だと聞いたことはある。曾祖父の代からの病院だとも、親戚じゅう医者だらけだとも。

「試験が終わるころには引っ越してもらえないかしら。もちろん、費用はこちらでお出しするわ」

試験のどさくさに紛《まぎ》れていなくなれ、ということか。いや、違う。彼の大学は試験が終われば夏休みになるから、長い休暇をべったりくっついて過ごされてはたまらないと思っているのだ。

「別に私が引っ越す必要はないいんじゃないですか。別れればそれでいいんですよね」

呪縛《じゅばく》が解けたかのように言葉が飛び出した。穏やかな口調でいたいと思っても、とげとげしい声が出てしまう。

「引っ越しのほうが手っ取り早いでしょ。別れ話はこじれると大変そうだし」

相手はあくまで笑顔を崩さない。対する自分はひどい顔をしているに違いない。頬《ほお》や口の端が強《こわ》ばっているのがわかる。

「もうひとつ、お願いがありますの。私と会ったことは伏せておいていただける？」

なるほど、母親だけあって、彼の性格や行動パターンは理解しているらしい。この事実を知れば、彼が意固地になるとわかっているのだ。

「そのかわり、私も決して他言しないことをお約束しますから」

ぎょっとして顔を上げる。相手の笑顔の中に、かすかではあるが蔑《さげす》みの色が浮かぶのを見た。

「あら。言ってないの。……言えないわね。いかがわしいご商売のことなんて」

悔《くや》しそうな声を出してはならない。睨《にら》みつけてはならない。それではこちらの負けになる。そう自分に言い聞かせながら問い返す。

「調べたんですか」

「あの子、何も話してくれないんですもの。仕方ありませんでしょ」

当然の権利だと言わんばかりの返答に一瞬、言葉を失った。道理で仕事帰りに都合よく姿を現したはずだ。シフト制で、日によって帰宅時間が異なるにも拘《かか》わらず。

何より彼女は「雪緒」という名を知っていた。表札は苗字《みょうじ》だけにしているし、よほど重要な書類以外は「海老根ユキ」と書いている。彼から聞くか、住民票や戸籍謄本の類《たぐい》を調べない限り、その名前を知っているはずがなかった。つまり、興信所だか探偵社だか、その道のプロに頼んだということだ。

他にも何か言われたような気がしたが、もう耳に入ってこなかった。他人のプライバシーを平気で暴き立てるような女が彼の母親だという事実もさることながら、どんなに隠しておきたくても、十年近く昔のことであっても、調べればわかってしまうという事実に打ちのめされていた。


気がつくと、一人になっていた。テーブルの上にはほとんど手つかずのコーヒーがふたつに、白い封筒。伝票はない。支払いは彼の母親がすませたのだろう。

改めて周囲を見回す。隣のテーブルまでの距離が十分すぎるほど空《あ》いている上に、客そのものが少ない。なるほど、手切れ金の受け渡しには絶好の場所である。座るなり勝手にコーヒーを注文されてしまったからメニューを開くことはなかったが、おそらく飲み物をひとつだけ注文しても千円以上かかるに違いない。勤め先のそばにこんな喫茶店があるとは知らなかった。

そこまで考えて気づいた。引っ越すということは転職しなければならないということだ。彼は勤務先を知っているから、住む場所だけを変えても意味がない。どうせ正社員でもないのだから遠慮などいらないと彼の母親は考えたのだろう。どうせファミレスのウェイトレスなのだから、と。

特技も資格も学歴もコネもない二十七歳の女が職探しをする。それがどれほど困難であるか。あのファミレスに勤め始めてすでに五年弱。その間、少しずつ上がっていった時給も、店を変わればリセットされてしまう。

ここに至って、怒りが込み上げてきた。今の今まで、戸惑いや驚きばかりに振り回されて、腹を立てるということを忘れていたようだ。いや、自分が何を言われているのかさえ、よくわかっていなかった。

引っ越してくださらないかしら、という声が耳元に蘇《よみがえ》った。言葉遣いこそ丁寧だったたが、さっさと消えろという意味だ。頭の悪い年増女《としま》はうちの息子に近づかないで。一時期とはいえ風俗嬢だった女なんてとんでもない、と。

ただ、悔しいのは、彼女の言葉が強《あなが》ち的はずれでもないことだ。七歳の年齢差は動かし難い。彼が卒業するとき自分は三十歳。「医者の妻」が務まるはずがないことくらい、自分が一番よく知っている……。

怒りの矛先《ほこさき》が今度は自分自身へと向いた。どうしてお金なんて受け取ってしまったのだろう。どうしてこの封筒を叩《たた》き返してやらなかったのだろう。

できなかったのだ。交渉が決裂すれば彼女は最終手段に訴えるに違いない。どのみち別れるのなら、彼に軽蔑《けいべつ》されたくなかった。突然いなくなれば彼は傷つくだろうし、恨みに思うかもしれない。それでも、蔑まれるよりましだと思った。

いっそ彼が他の女に心を移せばいい。そうすれば、私は悪者にならずにすむ……。

そこまで考えたところで、小さく頭《かぶり》を振った。他の女の影など毛筋ほどもない。だいたいあの母親が手切れ金を持参したこと自体、それを証明している。他の女の存在を暴露して破局に持ち込むほうが簡単だし、安くつく。

気がつくと、またため息をついていた。誰かが彼を奪ってくれたらいいのにとつぶやいたときだった。

あなたの恋人、友だちのカレシ、強奪して差し上げます、という一文が、唐突に脳裏をよぎった。

あの広告を見たのは、彼とつき合い始めたばかりのころだった。本気で信じたわけではない。ただ、始まった時点で別れを覚悟していたから、別れさせ屋もどきの広告に興味を持った。料金の高さに呆《あき》れ返ったものの、なんとなく番号を携帯電話に登録して……それきり忘れていた。

大急ぎで携帯電話を取り出す。お金ならある。この白い封筒の中身をつぎ込めば。アドレス帳の「ア行」の画面を開く。オフィスＣＡＴ。ずいぶん前の番号だけれども、まだつながるだろうか。

雪緒は、かすかに震える指先で発信ボタンを押した。

＊

空いている席は他にもあったのに、不意に隣に座られて面食らった。ほんの一、二分とはいえ遅刻である。とりあえず入り口近くの席を選んで、そっと座るべきだろう。なのに、その女子学生はわざわざ前のほうへとやって来た。

せめてもう一列前か後ろを選んでくれたらよかったのにと思う。おかげで、自分まで講師に睨まれてしまった。彼女とは知り合いでも何でもないんです、と心の中で反論したが通じるはずもない。

実際、見たこともない顔だった。全体の学生数は極めて多いが、女子の少ない医学部である。二年生ともなれば、名前は知らないまでも顔くらいはわかる。薬学部の学生かもしれない。この講義は医学部と薬学部の受講対象になっている。

ちらりと隣に視線を走らせる。もう彼女は一心不乱にノートを取っていた。遅刻しても教壇近くの席を陣取るあたり、根は真面目なのだろう。

講師の言葉を一字一句違《たが》えず書き取るつもりなのか、鉛筆を走らせる音は途切れることなく続く。時折、鉛筆を取り替える音が混じる。彼女が使っているのは、シャープペンシルではなく鉛筆だった。深緑色の、小学生の筆箱に入っていそうなあれだ。

驚いたことに、スライドを映すために講義室が真っ暗になっても隣の音は止《や》むことがなかった。どうせ手許《てもと》など見えていないのにと呆れ返ってしまう。かりかりかり、と闇の中から聞こえてくる音は二十日鼠《ラット》が餌《えさ》を食べる音によく似ていた。

『コマネズミみたいによく働く子だから』

二十日鼠で思い出した。アルバイト先の店長はそう言って、雪緒を紹介した。あのファミレスでは、新入りのスタッフには必ず教育係としてベテランがついた。

『彼女を見習ってれば、どんどん時給が上がるからね』

店長ってばウソばっか、と他のスタッフが茶々を入れ、場がどっと沸き返った。が、当の本人はじっと何事か考え込んだ後、笑いがおさまったころに口を開いた。

『私、歯並びはあんまりよくないけど、そんなに前歯は出てないです』

ネズミという言葉から、出っ歯と言われたのだと思ったらしい。その勘違いよりも、間を外した発言に、また皆がどっと笑った。

『ユキちゃんは手足を動かすのは速いんだけど、口が遅いんだよねえ。ていうか、コマネズミの意味、今時の若い子には通じなかったりする？』

そんなやり取りがあったせいか、雪緒が自分よりも七歳も年上だと知ったときには驚いた。せいぜい二、三歳年上の大学生だと思っていたのだ。子供っぽい顔と、自信なさげにしゃべる様子は、高校生のイメージする「大人」とはあまりにもかけ離れていた。

しかし、実際にフロアに立つと、雪緒の頼りなさそうな印象は吹き飛んだ。店長の言葉どおり、口を動かすのは遅いが手足は速い。テーブルの間を歩き回る速度も、汚れた皿を積み上げて一度に運ぶ手際も、どのスタッフと比較してもずば抜けていた。

かといって、どたばたと走ったり、食器を手荒に扱ったりするわけではない。動画の早送りのように、体が動くテンポが速いのである。独楽鼠《こまねずみ》とは言い得て妙だと思った。

視界が明るくなって物思いから覚めた。しまった、と猛烈に後悔する。スクリーンに何が映っていたのか、どんな説明がなされていたのか、覚えていなかった。試験も近いのに、全く授業に集中できない。

つい、雪緒のことを考えてしまう。一昨日、どうも彼女の様子がおかしかったのだ。具体的に何がと問われると答えられない。ただ、何か変だった。かすかに、しかし明らかに違和感があった。

またろくでもないことを考えているのだろうか。雪緒は七歳の年齢差をひどく気にしていた。つき合い始めたころ、彼女は二十五歳でなくなったら別れなければならないという強迫観念に取り憑《つ》かれていた。もっともそれはすぐに過ぎてしまい、今度は二十八歳がタイムリミットになった。

年齢差など自分は全く気にしていないし、雪緒が三十歳になろうが、四十歳になろうが関係ないと何度も言ったのだが、彼女は納得していない様子だった。

「あの……。いきなりこんなお願いするのって、図々しいと思うんですけど」

また心ここにあらずだったらしい。講義はとっくに終わっていた。声をかけられなかったら、誰もいなくなった講義室でぼんやりと座っていたかもしれない。

「ノート、貸してもらえませんか」

「悪い。俺、今日は全然授業聞いてなかったから」

我ながら素っ気ない口調だったが、仕方がない。こちらがノートを借りたいくらいなのだ。第一、彼女は暗闇の中でまでせっせと鉛筆を動かしていたではないか。

「違うんです。今日のじゃなくて、前回までのやつ。私、ずっと病欠してて」

事情はとりあえずわかったが、たまたま隣に座っただけの男子学生に頼む理由がわからない。疑問が顔に出たのか、彼女はあわてたように説明を始めた。

「私、去年休学してて、ダブりなの。だから、知り合いが全然いないんです」

「ふうん、同い年なんだ」

一浪してるからと言うと、彼女は安堵《あんど》したような表情を見せた。雪緒と同じように彼女も必要以上に年齢を気にしているのかもしれない。

「いいよ。その代わり、今日の分、コピーさせてくれたら」

「コピーはだめです！　すっごい字だから」

言われてみれば、手許など全く見えない中で鉛筆だけを動かしていたのだ。本人以外に解読できない代物に違いなかった。

「清書すれば、貸せるけど……。明日でもいいですか？」

顔色を窺《うかが》うかのように、おずおずと切り出す様子は、どこか雪緒に似ていた。

*

これでよかったのだろうか。皿やコップをトレイに積み上げながら、もう何度めになるかわからない問いを、雪緒は繰り返した。こんなやり方は間違っているのではないか。他にもっと良い方法があったのではないか。

しかし、何度問いを繰り返しても答えは出なかった。他の方法など考えつかない。もともと頭を使う作業は苦手だった。

体を動かす作業は好きだ。実際、以前に勤めた蕎麦屋《そば》で褒《ほ》められた。学校の勉強はいつも可もなく不可もなくだったから、褒められるのがうれしくて、雪緒はますます懸命に働いた。あの蕎麦屋が店を畳まなかったら、たぶん今もそこにいたに違いない。しかし、蕎麦屋の主は高齢で、後継者もいなかった。

せめて別の転職先を選んでいれば、彼と出会わずにすんだ。不本意な別れを強いられることも、「その道のプロ」に頼んで悪辣《あくらつ》な計画を練ることもなかった……。

手早くテーブルを拭《ふ》き、トレイに積み上げた皿とコップを落とさないように運ぶ。体を動かしていれば余計なことは考えずにすむはずなのに、気がつくと三日前の出来事に思いを馳《は》せている。

オフィスCATに電話したのが四日前のこと。そして三日前、皆実雛子という担当者と会った。自分と同じくらいの年格好の、しかし自分よりずっと賢そうな女性だと思った。接客するときに最も気を遣わなければならないタイプだ。

雛子はまず料金表を取り出し、基本料金や各種オプションの説明をしようとした。が、雪緒はそれを遮《さえぎ》った。

『いいんです。百万円以内ならいくら使っても構いません。彼を奪ってくれるなら。できれば、彼の母親にわかる形で』

とにかく白い封筒の中身を使い切ってしまいたかった。ここで使わないと、いずれ生活費の足しにしたり、身の回りの品を買ってしまったりするかもしれない。それだけはいやだった。

『彼の試験が終わるころ……ええと、七月なんですけど、それまでにお願いします。この期限だけは守って』

そのころまでに彼が心変わりしてしまえば、わざわざ引っ越す必要などなくなる。転職も考えなくていい。何より、彼のほうから別れるのだ。その事実を知ったとき、彼の母親は悔しがることだろう。こちらが手切れ金を払う必要などなかったではないか、と。

『この条件だと、もしかしてお金が足りないとか？』

ふと心配になって尋ねると、雛子は笑って首を左右に振った。そして、くわしい事情を教えて欲しいと言った。

問われるままに、勤務先のファミレスに高校生だった彼がアルバイトとして入ってきたことや、新人教育係として仕事を教えるうちに親しくなったこと、彼の大学合格と同時につき合い始めたことなどを話した。

さらに、彼の母親から引っ越しを強要され、その費用として現金を受け取ったこと、彼に内緒にしていた昔の仕事のせいでそれを断れなかったことに話は及んだ。

初対面の相手に、「一時期とはいえ風俗嬢だった」と説明しなければならないのかと気が重かったが、実際には「昔の仕事」という一言で事足りた。それだけで内容を察してくれたのだろう、雛子はそれ以上訊《き》いてはこなかった。

とうとう依頼してしまった。もう後へは退《ひ》けない……。

ひととおりの話を終えたときに思ったのは、まずそれだった。それまではまだ現実感がなかった。白い封筒の中身を見ても、心のどこかで他人事《ひとごと》のように思っていた。ひょっとして、返しに行けば受け取ってもらえるのではないか。あり得ないと否定する一方で、希望を持つ自分がいた。

けれども、経緯を言葉にして第三者に話したがゆえに、何もかもが急速に現実味を帯びてきた。自分は取り返しのつかないことをしてしまったのではないか、そんな思いが雪緒を落ち着かない気持ちにさせた。

そのときだった。雛子が「ちょっと失礼」と言って携帯電話を取り出した。着信音はないが、緑色のランプが点滅している。液晶画面をちらりと見た雛子は、よほど急ぎの用件だったらしく、その場で通話を始めた。

『その件は受けて大丈夫。そう返事しておいて。それから、あなた、しばらく時間とれる？　ええ。社長には私から言っておくから』

たったそれだけの短い通話だった。これならわざわざ席を外すまでもない。それでも雛子は、目の前で電話に出たことを謝罪した。

『ただ、あなたの依頼にも関《かか》わる連絡でしたので、今のうちに押さえておきたかったんです』

『私の……？』

雛子はうなずいた。

『我が社のシステムでは、最初にお会いした者イコール担当者なんです。なので、本来は私が担当なんですけど、今回に限っては別の者に任せたいと思いまして』

『どうして今回に限ってなんですか』

『彼は学生さんですよね。だったら同じ学生のほうが接近しやすいと思うんです』

医学部生である彼は取得しなければならない単位数が多いとかで、学内にいる時間が長い。学外にいる短い時間の大半は、学生寮に寝に帰るか、雪緒のアパートに来ている。寮は居住している学生以外の出入りは制限されている。となると、雪緒のいない場所で接近を図ろうと思えば、学内に限られてしまう。なるほど、学生というのは必須条件だ。

『私が学生を装ってもいいんですが、年齢的に上級生とか、院生に見えてしまうんですよね。それよりも、うちの見習いに適任者がいるんです』

　無理なく学生を装えるのだから、年齢的にはせいぜい二十歳前後。大丈夫だろうか。そんな雪緒の不安を見てとったのか、雛子は大急ぎで付け加えた。

『もちろん、経験の浅さは私がサポートすることでカバーします。それに……』

『それに？』

『こう言っては何ですけど、海老根さん、嘘《うそ》をつくのはお上手じゃないでしょう』

　否定できなかった。演技力ゼロだの、口を開けば腹の中まで見えるだの、その類のことをよく言われる。

『万が一、彼と海老根さんと私と三人で鉢合《はちあ》わせしてしまったとき、隠しきれないんじゃないかと思うんです』

　そうかもしれない、と雪緒はうなずいた。きっと自分は雛子を知っていると顔に出してしまうだろう。そうなると、勘のいい彼だ。何か企《たくら》みが行われつつあることに気づくに違いなかった。

『最初から担当者の顔を知らなければ、知り合いじゃないふりをしなくてすみますよね。本当に知らないんですから』

『じゃあ、その方でお願いします』

相手はプロなのだから、任せたほうがいい。自分一人で知恵を絞っても、徒労に終わるだけだ、たぶん。

『念のためにもう一度、彼の名前と大学名を教えてください。あ、ここに書いていただけますか』

紙とボールペンが差し出される。子供っぽい字がますます下手に見えるからボールペンは好きじゃないのにな、などと思いながらも雪緒は『成瀬《なるせ》薫《かおる》』と書き込んだ。

＊

「ファーストネームはなんていうの？」

コピー機のボタンを押しながら、篠原《しのはら》楓《かえで》が振り返った。苗字だけで十分だと思ったが、彼女はフルネームを訊いていたつもりらしい。あまり答えたくなかったが、向こうがフルネームで名乗っている以上、拒否権はない。

「薫。草冠に重いに点四つ」

名乗るなり、楓はうれしそうに仲間だと言った。

「女の子みたいって言われなかった？　私、よく言われたの。男みたいって。本当は女の子の名前だと思うんだけど、マンガの男キャラがいたでしょ？　あれのせいで、男名前のイメージが定着しちゃったんだよね」

そういえば雪緒も、男と間違われるから自分の名前が好きになれないと言っていた。だからふだんは「海老根ユキ」と書く、とも。

「でも、成瀬君の場合は、漢字じゃなくてカタカナで書けば、男だってわかってもらえるんじゃない？」

楓はそう言って、空中に指先で「カヲル」と書いた。こちらは少年漫画ではなくアニメのキャラクター名である。

「一般人にはわからないよ、それ」

「成瀬君、一般人じゃないんだ？」

「カタカナで書けなんて提案したヤツに言われたくないね」

「お互い様じゃん」

顔を見合わせて笑う。笑いながらも、楓の手はコピー機を休みなく操作している。カバーを開けてノートを表に向け、次のページを繰って伏せて、カバーを閉めてスタートボタンを押して……。ひとつひとつの動作が速い。

これも雪緒と同じだった。彼女がコピーを取るところを見たわけではないが、楓と寸分違わぬ動作でコピー機を操るに違いない。逆に、楓がファミレスのテーブルを片づけるときには、雪緒そっくりの手つきでコップを積み上げたり、料理の皿を並べたりするだろう。これも見たことがあるわけではないが、確信を持った。

ノートのページ数は決して少なくはなかったが、全部コピーし終わるのにそれほど時間はかからなかった。

「すげえ。ほんとに二十分かからなかった」

腕時計を見ると、休み時間はまだ五分残っていた。

「だから言ったじゃない。コピー機さえ空いてれば絶対終わるって」

「フツー信じねって、そんなの」

「謝れ」

ごめんなさい、と芝居がかった仕種《しぐさ》で頭を下げると、楓は声をたてて笑った。

「成瀬君、次の時間は何？」

次の授業は講師が出張で休講だった。空きコマ、と答えると楓の目が輝いた。

「私も空き。少し早いけど、お昼ご飯食べに行こ。それとも、何か用事ある？」

とりたてて用事はない。図書館で試験勉強でもしようかと考えていた程度である。

「別に用事はないけど……」

応じるのと断るのと、どちらが面倒だろう？　どうせなら、面倒でないほうを選択したいと思った。が、自分で選択することはできなかった。

「うれしい。私、ダブりの上に欠席が多いから、いっしょにお昼食べる友だちっていなかったんだ」

まだ行くとは言ってないのに、楓は独り決めに何度もうなずいた。これで、断るほうが面倒ということになってしまった。

まあいいか、と思い直す。どうせ図書館に行っても、集中して勉強できるとは思えなかった。さっきの講義のようにノートを広げたまま、雪緒のことばかり考えてしまうかもし

けていた。

れない。

「いいよ。どこに行く？」

返してもらったノートを鞄《かばん》にしまう。楓はコピーした紙の束をとっくに折り畳んで片づけていた。

学内に複数ある食堂のうち、楓が選んだのは、講義室から最も遠い第一食堂だった。メニューの種類も多いが、利用者も多い。あと三十分もすれば、すさまじい混雑になる。

二人揃《そろ》って日替わり定食を食べながら、出身校はどこだとか、どこの沿線に住んでいるとか、新入生同士が四月に交わす類の、いわゆる当たり障りのない会話をした。

「現役のときって、どこを受けたの」

当たり障りのない会話が終わったと思ったらいきなりこれか、と内心で苦笑する。

「東大と慶応」

そう答えれば、たいていの人間は冗談だと思ってくれる。自分でも冗談のようだと思っていた。しかし、両親は大真面目に東大の理Ⅲと慶応の医学部を受けろと言った。息子の頭の出来も省《かえり》みず、である。

戦前から続いている病院を継がせるには、それが必須条件だと両親は言った。祖父は慶応卒で、父は東大卒だった。なのにその息子が三流私大では、患者が不安がると考えていたらしい。

今では両親の気持ちも多少はわかるようになったが、高校時代は理解できなかった。それでも、正面きって反抗できなくて、勉強をさぼることで抵抗を試みた。学校で補習を受けているふりをして、ファミレスでアルバイトをしたのである。遊び回るという選択をするには、小心で融通が利かなかった。

それに、全く医者になりたくないわけではなかった。単に両親から能力以上の大学を強要されたのが面白くないだけで、医学部に進みたい気持ちはあった。反抗心に引きずられてドロップアウトしたくないと心のどこかで考えていた。

とはいえ、現役のときには東大も慶応も、「滑り止め」の名目で受けた他の大学も、すべて不合格だった。

だから、大学名を答えた後に言う台詞《せりふ》も決まっていた。記念受験だったんだ、と。すると、相手は決まって安心したように笑ってくれる。ただ、楓は違った。

「私も記念受験しとけばよかったな。やるだけやっておけば」

「慶応は学費高いから無理だけど。国立の医学部。私、本当は外科医になりたかったの。薬剤師よりも。でも、国立に行くには偏差値が足りなくて、私立に行くには学費が足りなかったんだ」

「東大と慶応を？」

楓は箸《はし》を置いて、右手を広げてみせた。

「私ね、事故で右手の中指がだめになったの。日常生活に支障はないんだけど、ピアノが弾けなくなった」

そう言いながら、楓は広げた右手をぎゅっと握る。しかし、中指の動きだけがワンテンポずれていた。

「腕のいい外科医が処置していたら、元に戻ったかもしれないんだって。それで外科医になりたいって思ったの」

ということは、楓の本来の希望はピアニストだったのだろう。日常生活に支障がない程度に回復できても良しとしなかったのは、ピアノを弾くという行為が彼女にとってお稽古事のレベルではなかったからだ。

「ピアノを弾く以外に能がなかったから、医学部なんて到底無理で」

薬学部も大変だったんだけどね、と楓は笑って付け加えた。

「ピアノがだめなら他の楽器とか、声楽に転向したらって、周りには言われたんだけど」

「しなかったんだ？」

「できなかったの。譜面見ただけで吐き気がするようになっちゃって。もう音大には……音大志望は無理ってわかった」

しゃべりすぎたと思ったのか、楓はとってつけたように、「もういいの」と言って頭を振った。

「今は薬学部にいるし、夢もあるし」

「夢？」

「笑うから言わない」

「笑わないよ」

「ほんとに？」

絶対、と答えながら、既視感を覚える。これとよく似た会話を交わした。ただし、笑わないかと念を押したのは自分のほうで、絶対と答えたのは雪緒だったが。

「薬学部を卒業したら、今度は看護学校に入るの。で、薬剤師と看護師の資格を両方持って、アフリカに行く」

すぐには言葉が出てこなかった。何をどう言ったらいいのかわからなくて、目を伏せた。

「あ、やっぱり変だって思ってるでしょ。こいつガキだなって」

「違う！　そうじゃない」

つい大声を出してしまい、あわてて口をつぐんだ。あまりにも似ていたから、何も言えなくなってしまったのだ。

受験に失敗した直後だった。ことごとく不合格だったくせに本当は医者になりたいのだと雪緒に打ち明けた。

当時はまだ雪緒とはつき合っていなかった。バイトも受験の直前に辞めていたから、顔を合わせたのは三カ月ぶりだった。家にいたくなくて外出し、雪緒と出くわした。

『離島とか、僻地《へきち》とか、そういうところで診療所をやりたいなって。……今、こいつガキだなって思ったよね？』

『ううん。全然、全然、そんなこと思ってない。ほんとよ』

『笑っていいっすよ。俺もガキだなって思うもん』

『自分でそんなこと言っちゃだめ。そりゃあ私だっていい大人だもん。夢と現実が違うってことぐらい知ってる。でも、それは私がこの歳だから。夢を持ってて一生懸命努力して、結局だめで諦《あきら》めて、それで大人になった人と、夢なんて持たないで大人になった人は違うよ。同じ職業について同じ場所にいても違う』

雪緒は息継ぎさえ忘れたように、一息に言葉を吐き出した。口数が少なく、言葉の遅いふだんの雪緒からは想像もつかないほどの勢いだった。

以来、月に一度か二度、雪緒と会うようになった。会うといっても、せいぜい二時間程度だったが、その短い時間は貴重なものだった。同級生たちと違って、雪緒の前では醒《さ》めたふりをしたり、見栄を張ったりしなくていい。どうせ見破られるのがわかっているからだ。何ひとつ取り繕《つくろ》う必要がない。

また、雪緒自身に頼りなく子供っぽい部分があったのも、良い方向へと作用した。一方的に雪緒に依存せずにすんだからだ。七歳という年齢差をはっきり自覚しながらも、それが気にならない。つき合い始めたのは、ごく当然の成り行きだった。

雪緒が年齢差をひどく気にしているのは、最初からわかっていた。だが、そんなものは取るに足らないこと、容易に乗り越えられることだと思った。つい一昨日、雪緒と話して違和感を覚えるまでは。

＊

携帯電話が鳴ったのは、アパートに戻った直後だった。薫からかと、大急ぎで液晶表示を見たが違っていた。雛子からだ。

『担当者から連絡がありまして、接触に成功したそうです』

篠原楓とかいう女性が偶然を装って薫に接近する、そう聞かされていた。それが成功したのだ。喜ばなければと思っても、気持ちが沈むのを止められない。背後で橋を焼かれたような、外堀を埋められたような、そんな気分だった。

『彼に連絡を取ったりしていませんよね？』

これから一週間、決して自分から連絡してはならないと、くどいくらいに念を押されていた。向こうから電話がきたときも、二回に一回は居留守を使うように、と。

『この後、朝まで携帯の電源を切っておいてください。後で彼に何か言われたら、バッテリーが切れていたことにして……』

「朝になれば電源を入れていいんですか？」

『職場から緊急連絡があったら困るでしょう。電話してくるのは彼だけとは限らないでしょうし』

実際には薫だけだった。職場からの緊急連絡など、まずあり得ないからだ。

『また何か進展がありましたら、ご報告いたしますので』

通話を終えると、雪緒はそのまま電源を切った。雛子の指示は正しい、と思う。こうでもしなければ、電話してしまうかもしれない。自分の意志の弱さは、自分が一番知っている。

雪緒は立ち上がった。掃除機をかけるには遅い時間帯だったから、雑巾《ぞうきん》バケツに水を張った。こういうときは掃除をするに限る。じっとしているから、気が塞《ふさ》ぐ。

だから、ファミレスや飲食店の仕事は好きだ。どんなに客が少ないときでも、手持ち無沙汰になることがない。出入り口周辺を掃除したり、レジ周りを拭いたり、いくらでもやることがある。いやな客に当たって理不尽なことを言われても、せっせとモップやブラシを動かしているうちに忘れられる。風俗嬢の仕事とはまるっきり違う。

ぞわり、と鳥肌が立った。思い出しただけで吐き気がする。なぜ、あんなことができたのだろう？

答えはわかっている。「彼」のためだった。早い話が男に貢《みつ》いでいたのだ。十年近く経った今では、馬鹿なことをしたと思う。けれども、あのときは真剣だった。「彼」の夢が自分の夢で、それを実現するためなら何でもできると思った。結局、その「彼」とはお決まりの破局を迎え、雪緒には唾棄《だき》すべき過去だけが残った。

だからだ。薫が自分の夢を「ガキっぽい」と言って笑ったとき、むきになって否定した。真剣に夢見たことなら、結果はどうあれ価値がある。最初から夢を持てないよりも、夢に破れるほうがいい。あれは、自分自身への言葉だった。そうとでも思わなければ、自分を許すことができなかったのだ。

皮肉なことに、あの言葉が自分と薫とを結びつけた。あの会話がなかったら、薫とつき合うこともなく、こんな思いをすることもなかったのに……。

気がつくと、手が止まっていた。余計なことを考えてしまったのは、そのせいだ。雪緒は雑巾を握りしめ、ぐいぐいと力任せに床を擦《こす》った。

「オープンしたばかりのケーキ屋さん見つけたの。つき合ってもらっていい？　一人じゃ入りづらくて」

＊

午後の講義が終わった後、助教授が教室から出ていくのを待ちかねたように楓が言った。

「それとも、何か用事ある？」

ないと答えると、玩具売場の子供でもここまでしないだろうと思えるほど、楓はうれしそうな顔をした。

ノートの貸し借りをした日から一週間。お互いの時間割を調べてみると、いくつか同じ講義が見つかった。それらの講義がない日でも、学内で顔を合わせると楓は当然のように話しかけてくるようになった。

「一駅だけ電車乗るけど、いいよね」

週明けには前期試験が始まる。歩きながらの話題は、自然にそのことに向けられた。試験前でよかったのかもしれない、とふと思った。雪緒に連絡がとれなくても、どうにか我慢できた。これが他のときだったら、我慢できなかった。続けて携帯の電源が切れていたら、血相を変えてアパートに駆けつけていた。

いや、全く連絡がとれなかったわけではないから、それですんだのかもしれない。二回に一回程度は連絡がついた。携帯電話の調子が悪く、充電してもすぐにバッテリーが切れてしまうのだという。

今月の給料が出たら新しいのを買いに行くから、と雪緒は今にも消え入りそうな声で謝った。

「……君。成瀬君ってば」

「悪い。意識飛んでた」

「彼女のことでも考えてた？」

ぎょっとして楓を見る。が、すぐに鎌を掛けられただけだとわかった。

「やっぱり。そうじゃないかと思った。成瀬君、考えてること丸わかりなんだもん」

狼狽《ろうばい》のあまり、視線が泳ぐのを感じた。もしそうなら、何かにつけて楓と雪緒の共通点を捜していたことも知られてしまったかもしれない。

「もしかして、彼女からの連絡待ってたりする？　いっつも授業終わるなり、マナーモード解除してたでしょ」

これも図星だった。携帯電話の調子が悪いと雪緒が言っている以上、掛かってこないのはわかっていたが、もしも着信があったらすぐにでも出たかった。

「そっか。彼女と、あんまりうまくいってないんだ」

楓の言葉に打ちのめされた。うまくいっていない……。そうか、こういう状態を指すのか。つながらない電話、続かない会話。自分たちはうまくいっていないのか。

「ごめん！　変なこと言ってごめんね」

楓が必死の形相で腕を摑《つか》んでくる。

「絶対そんなことないってば！　大丈夫。だから、そんな顔しないでよ」

そんな顔？　今、自分はどんな顔をしているんだろう？

「ああもう！　私ってば、なんでいつもこうなんだろ。いやんなっちゃう」

なぜか楓が頭を抱えている。だが、彼女の言動の意味を考えるだけの余裕は残されていなかった。

＊

早番の日だというのに、帰路につく足は重かった。ここ数日、足取りが軽かった日など一日たりともなかったが、今日はまた格別に重い。まっすぐに帰って布団をかぶって寝てしまえるのなら、まだ楽だったかもしれないが、今日は立ち寄る場所がある。

『中間報告をしますので、お時間をいただけませんか』

仕事が終わるのを待っていたかのように、雛子から連絡が入った。

『ご依頼の件は順調に進んでいますが、一点だけ、直接お会いしてご相談したいんです。お支払いいただく料金にも多少関わってきますし』

雛子が指定してきた待ち合わせ場所は、聞いたこともない店だった。雪緒の勤務先からは電車を乗り継いで行かねばならない。それも気が重くなる一因だった。

何より気が重いのは、薫が通学に使っている路線を使わなければならないことだった。彼が乗っているのではないかと、雪緒はびくびくしながら車内を見回した。

万が一、会ってしまったら、どんな顔をしていいのかわからない。「順調に進んでいる」

と雛子は言った。つまり、彼は着実に騙《だま》されつつある。そう仕向けたのは自分だ。その罪の重さを考えただけで、居たたまれなくなる。

幸いなことに、車内にも、駅の構内にも薫の姿はなかった。改札口を抜けて、雛子に教えられた店を目指した。わざわざ捜す必要はなかった。駅の真ん前だからすぐわかるという説明どおりだ。

駅前のロータリーは、改札口から吐き出されてくる人々と、商店街から流れてくる人々とが合流して、ひどく歩きづらい。行きたくない気持ちが歩きにくさに拍車をかける。目と鼻の先にある店まで、信じられないほどの時間を要した。

店の中も混雑していた。喫茶室だけでなく、テイクアウトのケーキも扱っているせいだろう。買い物袋を提げた主婦たちがショーケースの前に陣取っている。

人をかき分けるようにして店の奥へと進む。雛子の姿を捜す。もう来ているだろうか。喫茶室は思いのほか狭い。これなら、喫茶店ではなくケーキショップと呼ぶべきだろうと考えたときだった。

たった四つしかないテーブル席のひとつ、壁際の二人掛けの席、そこで雪緒の視線は固まった。

喉《のど》の奥が奇妙な音で鳴った。足許に何かが落ちる。バッグを落としたのだ。拾わなければと思うが体が動かない。

よほどやかましい音をたててしまったのか、テーブル席の客が一斉に振り向いた。その中に見知った顔がある。薫だ。向かいの席に座っているのが、きっと篠原とかいう……。

不意に視界が揺らぎ、歪《ゆが》んだ。すばやく身を翻《ひるがえ》す。床が揺れている。違う。足が震えているのだ。

「待って！　違うの！　違うんです！」

背後で叫び声が聞こえたが、構わず走った。客の一人に突っ込んでしまったらしく、横合いから怒鳴り声がした。それでも走った。待ちなさいよ、という甲高い声に混じって、説明してくるからという声が聞こえた。

店を飛び出し、ひたすら走る。悔恨が胸の奥を焼いている。自分が泣いていることにようやく気づいた。私は馬鹿だ、私は馬鹿だと呪文のように繰り返す。

彼に蔑まれるくらいなら、何も知らせずに姿を消してしまったほうがいいと思っていた。自分から別れ話をする自信がなかったから、誰かに別れさせてもらおうと考えた。

何もかも間違っていた。別れたくない。絶対に。その気持ちに、今の今まで気づかなかった。何もかもが手遅れになるまで、気づかなかった。

なぜ、彼を奪って、などと口走ってしまったのだろう？　こんなにもつらいのに。彼の隣に自分以外の女がいることが、こんなにも許せないのに。

「待って！」

いきなり後ろに引っ張られ、雪緒は盛大に尻餅《しりもち》をつく。

「ご、ごめんなさい！」

あわてたように助け起こそうとする相手を雪緒はぼんやりと見つめた。涙でかすむ視界にあるのは、さっき薫といた女性の顔だった。雪緒の落としたバッグを拾って追いかけてくれたらしい。手渡されたバッグを無言で受け取る。とても礼を言う気にはなれなかった。

「今回の仕事は失敗でした」

そう言われて、雪緒はゆっくりと首を左右に振る。仕方がない。最後の最後でぶち壊してしまったのは自分自身だ。本当はあそこで怒ってみせるべきだったのだろう。

「やっぱり見習いの私じゃ無理だったんです。ほんとは、雪緒さんとの共通点をいっぱい見せて、親近感を持たせるようにって言われてたんですけど、全部裏目に出てしまって。彼があんまり雪緒さんのことばっかり考えてるから、つい、彼女いるの？　なんて訊いちやうし」

申し訳なさそうに身を縮める相手を、雪緒は驚いて見つめた。

「そこから先は、もうぜんっぜんダメでした。横取りするはずが、私、彼にハッパかけちゃって。依頼とは正反対のことばっかりやっちゃったんです」

安堵感で座り込みそうになる。彼女と薫の間には何もなかったのだ。単に依頼が失敗に終わっただけではなかった。雛子の言葉とは裏腹に、何ひとつ「順調に進んで」などいなかった。

すみません、と何度も繰り返す彼女に、雪緒は涙を拭いて微笑《ほほえ》んでみせる。

「いいの。そのほうが……よかった」

「ほんとに？」

雪緒は力を込めてうなずく。明日、彼の母親にあの白い封筒を返しに行こうと決めた。約束が違うと言われたら土下座でも何でもして謝ろう。どんなにひどい言葉で罵《ののし》られても、別れる気はないと言おう。

「これ、お返ししますね」

目の前に小さな紙包みが差し出される。なんだろう？　首をかしげる雪緒に、楓が笑って答えた。

「手付けとして預かっていた分です」

思い出した。雛子と最初に会ったとき、一万円の手付け金を払った。残りは成功報酬、失敗したら手付けはお返しします、と雛子は言っていた。

「本当は別れたくなかったんですね」

当たり前じゃないの、と言おうとしてやめた。自分はその当たり前のことから目を逸《そ》らしていたのだ。

「雛子さんが私にやらせた理由、きっとそれだわ」

はあっ、と楓が大げさにため息をつく。

「彼女だったら成功率百パーセントだもの。ていうか、私なら百パーセントしくじるって思ってたんだ、絶対。うまくいったら正社員にするように社長に言ってやるなんて、嘘ばっかり。ひどいったらありゃしない」

最後のほうは、ほとんど独り言のようだった。

「彼、まださっきのお店にいるの？」

「すぐに雪緒さんを連れて戻るから、店の前で待っててって言ってあります」

何もかも彼に打ち明けるのは、まだ抵抗がある。今はまだ話せない。それでも、脅しには屈服するまいと思った。たとえ彼の母親が怒りにまかせてすべてを暴露したとしても。

「あの……。うちの皆実に頼んで、彼のご両親を険悪にさせちゃったらどうでしょう?」

自分のことで手一杯になると、人は他のことなど目に入らなくなるからと言われて、雪緒は噴き出した。楓の大真面目な顔がおかしかった。

「そうね。もしかしたら、そのうちお願いするかも」

それだけ答えて、薫の待つ場所へと駆け出した。

もちろん、依頼を出す気などない。

鳥かごを揺らす手

簡単すぎる、そうつぶやきながら、藤井柚奈《ふじいゆうな》は門扉《もんぴ》を乗り越えて走った。

慣れない靴のせいで何度か転びそうになったが、それでも全力で走り続けた。息が苦しくてたまらなくなり、ようやく足を止めた。振り返ると、あの家はもう見えなかった。

こんなに簡単なことだったなんて、とまたつぶやく。あのときと同じだ、と頭の片隅でぼんやりと考える。ずっと自分には無理だと思っていたことが、実行に移してみると驚くほど簡単だったことに気づいた、あのときと。

置き手紙を残して家出するのも、一人で高速バスに乗って東京へ向かうのも、見知らぬ土地で泊まる場所を探すのも、やってみれば造作もなかった。

今年の三月まで、柚奈は平凡な中学生で、四月からは平凡な高校生になった。成績は中の中、部活にも入っていない。遊びといえば、友だちとカラオケに行くのがせいぜい、それも昼間だけで夕方には引き上げる。

　夜遊びをするようなギャル軍団の仲間には入れなかったし、自宅近くのバス停に停《と》まるバスは最終が午後七時五十三分。それ以降は徒歩三十分のバス停を経由する路線しかなくなるから、自然と帰宅時間が固定された。

　郡山《こおりやま》あたりなら新幹線に乗れば東京から一時間だが、福島県のはずれともなれば信じられないほど不便な田舎なのである。

　とはいえ、とりたてて不満はなかった。いつもいっしょにいる友だちはみんなそんなものだったし、そこそこ楽しければそれでいいと思っていた。

　その柚奈の日常が激変したのは、五月の連休が終わった直後。祖母が心筋梗塞《こうそく》で急死したのである。

　柚奈は父親と祖母との三人暮らしだった。両親は五年前に離婚した。くわしい経緯は知らない。ある日突然、母親は出て行った。ごめんねと謝るでもなく、元気でねという一言だけを残して。私はお母さんに捨てられたんだ、そう思ったから、柚奈は後を追うことも見送ることもしなかった。

　祖父が亡くなってから独り暮らしだった祖母がすぐに来てくれたから、日常生活に不自由はなかった。苗字《みょうじ》が変わることもなかったし、引っ越しや転校もしなくてすんだ。変わったのは食卓に並ぶ料理だけで、父親はむしろ歓迎しているようだった。

その祖母の死後すぐに、父親は再婚した。本当は、柚奈が高校を卒業するのを待って再婚するつもりだったという。祖母が死んだことで予定を早めることにしたらしい。

家事は祖母に任せっきりで、柚奈は自分で洗濯機を回したことすらない。食事の支度など絶望的である。だから、父親の判断は決して間違っていない。

父親の「カノジョ」がまだ二十八歳という事実には驚いたけれども、テレビを見れば「歳の差婚」なんてめずらしくも何ともない。それに、父親の再婚相手に反発するほど子供でもない。食卓に並ぶ料理が変わるのにも慣れている。反対する気はこれっぽっちもなかった。ちゃんと「おめでとう」とも言った。

父親のカノジョのほうは、いきなり「高校生の娘」ができて戸惑《とまど》ったかもしれないけれども、自分で選んだ道なのだからがんばって慣れてもらうしかないだろう。

そこまでは、まだ「激変」と呼ぶほどのことでもなかった。問題はそこからだ。正式に入籍してまもなく、父親のカノジョの妊娠が判明した。さすがに、十六歳年下の弟だか妹だかができると知ったときには仰天した。

それでも、事実は事実として受け入れようと思った。その矢先の出来事だった。父親の勤務先が倒産したのは。

　今がとんでもない不況だということは、あまりニュースを見ない柚奈でも理解している。そして、東京ならまだしも地方での再就職はとてつもなく難しい、ということも。事実、父親の職探しは難航している。

　柚奈の高校は県立だから、私立に比べればお金はかからない。四月から授業料も無償化された。けれども、高校に通うのに必要なお金は授業料だけではない。修学旅行の積立金のほうが授業料よりもずっと高い。

　修学旅行を諦《あきら》めたとしても、まだお金がかかる。定期代だ。バスと鉄道を乗り継いで通学している柚奈の通学定期は、びっくりするような金額が印字されている。ただ通うだけでも毎月五桁の金額が出ていくのだ。

　かといって、高校を辞めて働こうと思っても、「ど」がつくほどの田舎ではその働き口がない。

　なのに、来年になったら弟か妹が生まれてくる。子供一人にどれだけのお金がかかるのかは知らない。が、父親が再就職できなかったら、大変なことになる。それくらいは柚奈にも容易に想像がついた。

それは柚奈だけの心配ではなかった。立ち聞きする気はなかったけれども、聞いてしまった。父親のカノジョが「産むのやめようと思うの」と話しているのを。

子供二人を養育するのは無理。そういうことだ。冗談じゃない。自分が原因で誰かが弾《はじ》き出される。つまり、父親とそのカノジョは私を加害者にしようとしている……。

思わずその場に乱入して、「そんなの人殺しと同じじゃない！」と叫んでいた。父親のカノジョはぼろぼろと泣き出し、当然のことながら父親は烈火の如《ごと》く怒った。もちろん、柚奈も負けじと怒鳴り返した。あとはもう覚えていない。

痛む頬《ほお》を押さえて自分の部屋に戻り、音をたてないように用心しながら荷物をまとめて眠りについた。翌朝は、父親がハローワークに出かけていくまで寝たふりを続けた。そして、父親のカノジョが掃除機をかけ始めるのを待って、そっと家を抜け出した。

家出することにためらいはなかった。唯一、幸運だったのは一学期の終業式の翌日だったこと。学校のことを考えたら、こうまで早く決断できなかったかもしれない。いや、遅かれ早かれこうなるのはわかっていた。心のどこかで考え続けていた計画だったから、すぐに実行に移せたのだ。

貯金らしい貯金なんてなかったから、東京までの高速バスに乗るのが精一杯だった。親からのお年玉袋の中身は決まって図書カードと文具券で、行き来する親戚も少ない柚奈は、万単位のお年玉など拝んだことがなかった。

朝四時に東京駅のバスターミナルに降り立ち、一番近いコンビニでメロンパンを買って食べた。その時点で財布の中身は千円札が一枚と硬貨が数枚。

それでも、とにかく移動しなければと思い、バスに乗った。鉄道ではなくバスにしたのは、駅には補導員がいると聞いていたのと、バスは終点まで均一料金だったからである。

バスの中で携帯サイトをチェックし、「心当たり」を探した。ろくな所持金も持たずに家出をしたのは無謀と言われても仕方がないが、その分、情報収集だけは抜かりなくやっておいた。

その携帯サイトには、いくつもの書き込みがあった。それを見ていると、自分のようにお金もなく、土地勘もない家出少女は決して少数派ではないと、ほっとした。需要があるからこそ、これだけたくさんの書き込みがあるのだ。家出少女に宿泊先を提供してくれる男、通称「泊め男」による書き込みが。

もしくは、そういった泊め男を募集する少女による書き込み。彼女たちの年齢は概《おおむ》ね柚奈よりも低い。ほとんどが女子中学生を意味する「JC」ばかりである。もちろん、そのうちの何割かは詐称に違いないが。

大丈夫、私だけじゃないんだから。

そう自分に言い聞かせながら、そのうちのひとつに直電した。それが、白石昇《しらいしのぼる》の番号だった。

土地勘がなくて、適当なバスの終点で降りて、降りた先を適当に歩き回ったあげく、すっかり迷子になってしまったことを話すと、彼はわざわざ車で迎えに来てくれた。

自分がどこにいることすらわからずにいる柚奈に、彼は携帯電話のGPSを使って現在地を特定し、それをメールで送るように指示した。言われるままにメールを送った後で、携帯電話にはこういう使い方もあったんだ、と今さらのように気づいた。

柚奈の行動範囲なんて狭いものだったから、道に迷った経験などほとんどなかった。遊ぶ場所も限られていて、一度誰かに連れていってもらえば、二度と迷うことはない。だから、携帯電話のGPS機能を本来の目的で使ったことなどなかった。せいぜいアプリのゲームで使うくらいだ。

近くにファミレスがあるはずだから、そこに入って待っているようにと彼は言った。何でも好きなものを食べてていいよ、とも。

　確かに、少し歩くと見知ったファミレスがあった。ただ、柚奈がよく行ったファミレスには広い駐車場が隣接していたけれども、ここは一階部分が駐車場になっていた。まるで教科書に出てきた高床式の建物みたいだ、と思った。

　ものすごく空腹だったけれども、店には入らず、駐車場の片隅に座って白石昇の車を待った。用心のためだ。途中で彼の気が変わって来てもらえなかったら、自分の所持金から飲食代を払わなければならなくなる。

　あの手のサイトに書き込みをする男を信用してはいけないことくらい、「ど」がつくほど田舎の高校生でも知っている。

　結果から言えば、白石昇はすっぽかしたりせずに、ちゃんと迎えに来てくれた。車止めに座り込んでいる柚奈を見て、「暑かっただろ？　早く冷たいものを飲んだほうがいいよ。熱射病が怖いから」と言った。呆《あき》れた顔も馬鹿にした様子も見せずに。

　涼しい店内に入ると、生き返る心地だった。冷房の利いたバスの車内やコンビニの店内にいるより、外を歩いている時間のほうがずっと長かったのだ。彼の言うとおり、あのまずっと駐車場の片隅に座っていたら、熱射病で倒れていたかもしれない。

電話のときのように、彼は「何でも好きなものを頼んでいい」と言ったけれども、柚奈はハーフサイズのカレーを選んだ。遠慮していたのが半分、疲労と緊張とで食欲がなかったのが半分、だった。

何度も水をおかわりしながら、柚奈は長い時間をかけてカレーを食べた。なのに、彼は苛立《いらだ》ったふうもなく、にこにこ笑って待っていてくれた。どうして家出なんかしたのかとか、どこから来たのかとか、そういう質問は一切しなかった。

柚奈がカレーを食べ終わると、彼は「東京に来たら、ここだけは行こうって思ってた場所はある?」と訊《き》いた。質問の意味がわからずに黙っていると、「東京タワーとか原宿とか」と彼は真面目くさって付け加えた。

「東京タワーは子供の頃に上ったし、原宿は興味ない」

「じゃあ、アキバとか?」

「私、そっち系じゃないもん」

「なら、渋谷系のほう?」

「そっちでもない。見ればわかるでしょ?」

渋谷に行きたがるのは、たぶん、中学でも高校でもクラスに必ず二、三人はいる派手な子たちだ。ろくに遊ぶ場所のない田舎でもがんばって夜遊びしてる子たち。彼女たちなら、もっと要領よく家出するんだろうな、と思う。

「どこか行きたいところがあるなら、ついでに連れてってあげようと思ったんだけど」

柚奈は黙って首を横に振った。別に行きたい場所なんてない。とりあえず泊めてもらえれば。

「ああ、そうか。疲れてるんだね。気がつかなくてごめん」

謝られて、かえって柚奈は戸惑った。想像していた「泊め男」と全然違う。家出少女を自宅に泊めるような男は、まともにレンアイなんてできないブサ男か、でなかったらエッチだけが目当ての最低男か、ロリコンのオタク。たぶん、態度も横柄《おうへい》で、上から目線で……と思っていたのだ。

白石昇はイケメンとまではいかないけれど、それなりの顔だった。メガネがちょっとオタ臭くはあったものの、まあ許容範囲だ。中には、こういうメガネが好きという子もいるかもしれない。

ただ、エッチだけが目当てとか、ロリコンとかはまだわからない。見た目がそこそこな分、逆に中身は危ないということも考えられる。油断は禁物だ、と柚奈は自分に言い聞かせる。言い聞かせてみたものの。

「寄り道はなしにして、まっすぐ帰ろう」

その言い方は、まるで父親のようだった。まだ母親がいたころ、三人で出かけたときのことを思い出して、柚奈はちょっと泣きそうになった。

「何なら、車の中で寝ててもいいよ」

もしかしたら、こいつ、いいヤツかも、と思った。寝ている間に何かする気かも、とは思わなかった。

ファミレスから白石昇の自宅まで、車で二時間近くかかった。東京都内といってもそれなりの広さがあることを柚奈は初めて知った。頭では「原宿の隣に東京タワーがあるわけではない」とわかっていても、自分の感覚として理解できていなかった。

その二時間のうちの前半、彼は自分のことを話した。寝不足なのが丸わかりの充血した目をしていながら、それでも眠ろうとしない柚奈を見て、少しでも警戒を解こうとしたのだろう。年齢は、サイトの自己紹介のとおり二十七歳。詐称してないよ、と笑いながら運転免許証を見せてくれた。

彼はいわゆる「オーバードクター」というやつで、博士課程を終えたけれども就職口がなくて、とりあえず研究室に残っている、という。柚奈には彼の専門や博士課程の話はさっぱりわからなかったけれども、「就職口がない」という言葉には同情した。柚奈自身、父親が再就職ができずにいたから、家出をする羽目に陥《おちい》ったのだ。

悪いヤツじゃなさそうだし、父親と同じで求職中だし、信用してもいいかも、と思った。それで、家出した経緯を話してみた。彼は、うんうんとうなずきながら聞いてくれた。それがうれしかった。ずっと自分は、こんなふうに話を聞いてほしかったのだと気づいた。

祖母が死んだことなら、仲のいい友だちに話した。でも、その直後に父親が再婚したことや、その相手が二十八歳だったこと、ほとんどデキ婚に近いタイミングだったことまでは話せなかった。リストラの一件に至っては、一生誰にも言いたくないと思っていた。

なのに、会ったばかりの白石昇には何もかもしゃべってしまった。同い年の友だちに同情されるのはなんだか惨《みじ》めだけれども、白石昇は大人だ。最初から自分のほうが立場が下なのだから、同情されてても構わない。

もう口をつぐんでいるのも限界だったのか、話し終わると、何かが軽くなった。ほっとして窓の外に目をやると、鬱陶《うっとう》しいほど至近距離に隣の車が並んでいる。東京の道は狭い。どの道も車がぎゅうぎゅう詰めだ。左右だけでなく前も後ろも。そのせいで、ちっとも進まない。

なんだか退屈になって、もぞもぞと足を動かしたときだった。ふと思い出したように白石昇が言った。

「ひとつだけ、協力してもらえるかな？」

「協力って？」

「お願い、かな。うちにいる間はケータイの電源、切っておいてほしいんだ」

それを聞いた瞬間、柚奈は身構えた。電源を切っていたのでは、何かあったとき警察に助けを求めることができない、ということだ。

「ああ、ごめん。言い方がまずかった。外に電話をするなっていう意味じゃないんだ。予備のやつがあるから、うちにいる間はそれを使ってほしい。メールもネットも自由に使っていいから」

「どういうこと？　意味わかんないんだけど？」

「ケータイにはGPS機能が付いてるだろ。それで居場所を特定できるんだよ。もしも、柚奈ちゃんの家族が捜索願いを出してて、警察がケータイの電波をたどって、うちまで来たとしたら？　僕が誘拐罪に問われることになる」

そんな馬鹿な話があるのだろうか。泊まる場所に困って連絡を取ったのは柚奈のほうだ。誘拐というのは力ずくで車に連れ込むとか、どこかに監禁することを指すのではないのか。柚奈がそう言うと、白石昇は困ったような顔で言った。

「でも、君は未成年だから。たとえば、僕が君に何かすれば、それだけで条例違反になるわけだ」

「あ、聞いたことある。青少年ナントカ条例ってやつ。ちゃんとしたレンアイでも逮捕されちゃうんだよね。片方が十八歳未満ってだけで」

　ということは、彼は律儀にそのナントカ条例とやらを守る気なのだろうか。わざわざそれを引き合いに出したということは。

「法律ってそういうものなんだよ。個人の事情や善意なんて関係ないんだ。バレたら即、逮捕」

「じゃあ、逮捕されるかもしれないのわかってて、泊め男やってんの？　今まで泊めてあげたのって、私だけじゃないいんだよね」

　自己紹介の欄には、今まで何人かに宿を提供したことがあると書かれていた。大勢は無理だけど二人くらいならＯＫです、困っていたら連絡ください、とも。

「寂しいから」

前を向いたまま、にこりともせずに彼は言った。

「笑ってもいいよ。大の男が寂しいとか、甘ったれたこと言ってんじゃねえよって、僕もそう思うから」

「別にそんなこと言わないけど。でも、なんで？」

「何年か前まで、うちは四人家族だったんだけど、今は一人で暮らしてる。十年前、妹が事故で死んで、それをきっかけに両親は不仲になった」

そして、彼が大学に入ったばかりのころ、母親は家を出ていった。離婚をきっかけに彼の父親はアルコール依存になり、泥酔状態で家の近所を徘徊《はいかい》しているうちに工事現場に迷い込み、建築資材の下敷きになって死んだ。母親とは今も音信不通のままだという。

「笑わないよ。家族がいなくなっちゃったんだもん。寂しくて当たり前じゃん」

母親に捨てられるつらさは身にしみて知っている。頼りにしていた家族の死に直面したときの心細さも。

「もともと四人で暮らしていた家だから、一人で住むには広すぎる。引っ越そうかとも思ったんだけど、僕まであの家を捨てるのは酷な気がしてね。結局、今も住み続けてる」

妹が何歳だったのかは知らないが、十年前なら彼は十七歳。とすれば、妹は中学生か高校生。家出少女たちの年齢とほぼ重なる。

「それで、家出した子たちを泊めてたんだ……」

いつの間にか、車は住宅街の細い道を走っていた。そろそろかな、と柚奈が思ったまさにそのとき、車が止まった。

「着いたよ」

彼はドアポケットに無造作に突っ込んであったリモコンを取り出し、ガレージのシャッターを開けた。その隣に大きな門扉がある。柚奈はぽかんとして、門扉の向こうにそびえ立つ家を眺めた。

「一人じゃなくたって、広いよ」

豪邸、だった。芽生えかけていた親近感がいっぺんに吹っ飛んだ。白石昇って金持ちだったんだ、と思った。

豪邸での生活は予想外に面白かった。「妹の勉強部屋」には少女マンガが本棚にぎっしり詰まっていたし、ゲーム機が何台もあったりして退屈しなかった。彼に言わせると、妹は「女オタク」だったらしい。

最近のものはなかったけれども、それがかえって新鮮だった。バレエやダンスの漫画が多かったのは、彼の妹は幼稚園のころからバレエ教室に通っていたからだという。

「生きてたら、プロになってた？」

「どうだろう。それはないんじゃないかな。本人はそこまで乗り気じゃなかったような気がする。母が習わせたがってただけで」

「母親の趣味ってあるよね。わかるわかる。私も音楽教室に行かされた。やめるときは大騒ぎだったもん」

そんな他愛のないおしゃべりをし、食事時になると彼の作った料理を食べた。最初のうちは車で外出もしたけれども、東京の暑さにうんざりして、あまり外に行きたくなった。コンクリートしかない場所の気温三十度は、田舎の気温三十度とは全然違う。寒暖計の表示がおかしいのではないかと思ったほどだ。

出かけるたびに、可愛《かわい》らしい服や一目で高いとわかるアクセサリーを買ってもらえるのはうれしかったけれども、もともと地味系高校生だった柚奈である。猛暑の中を移動して都心のデパートで買い物をするより、涼しい室内で過ごすほうがよかった。

それに、人混みに慣れていないせいか、出かけた翌日は決まって体がだるかった。汗をかきすぎるからだろう、やたらと喉《のど》も渇いた。所詮、自分は田舎の人間なのだと思い知らされるようで、ますます外出したくなくなった。

それより、快適な室内で彼とおしゃべりをしたり、恋人らしくいちゃついたりするほうがずっといい。

そう、柚奈は白石昇と「恋人同士」になっていた。彼はほぼ一回り年上だったものの、柚奈とは話も合ったし、いっしょにいると楽しい。思いっきり条例違反をやらかしてしまったけれども、そんなことはどうでもいいと思えた。

彼は何度も「柚奈がいてくれてうれしい」と言った。今まで泊めてあげた子たちは、やはりこの家を「仮の宿」としか考えていなくて、何日かすると出ていってしまい、二度と戻ってこなかったという。それが彼には寂しかったらしい。

「寂しいから泊めてあげてたんだけど、出て行かれるともっと寂しい。勝手な言い分かもしれないけどね」

「そんなことない。昇さんの気持ち、わかるよ。私は出ていかないから」

ずっとここにいるよ、と言うと、彼はうれしそうにうなずいた。なんだか、やっと自分の居場所ができたような気がした。

そんなふうにして、あっと言う間に七月が過ぎて、八月になった。携帯電話の日付表示が八月に変わって、ようやくこの家にカレンダーがないことに気づいた。

カレンダーだけではない。時計もなかった。いや、古い掛け時計がリビングにあったけれども、電池切れらしく、二時四十分を指したままで止まっていた。

「時計の電池、換えないの？　止まってるよ」

「面倒なんで、ほっといたんだ。ケータイがあるから時間はわかるし、今の家電って、たいてい時刻表示が出るだろう？」

言われてみればそのとおりだった。ＤＶＤレコーダーにも時刻は出るし、電子レンジにも炊飯器にも液晶の片隅に時計が表示されている。ただ、そうは思っても、どこか据《す》わりの悪いものを感じた。自分の家と比べるから、余計にそうなのかもしれない。

柚奈の家には部屋ごとにカレンダーがあり、掛け時計だの置き時計だのがあちこちにあった。どれもお金を出して買ったものではない。カレンダーは年末になるとどこからともなく集まってくるし、時計はどれも福引きの景品や開店記念の粗品だった。

まあ、店名入りのカレンダーやちゃちなデジタル時計など豪邸には似合わない。置かないのが正解なのだろう。

「でも、カレンダーがない夏休みって変な感じ。いつもだったら、七月の分をばりばりっと破るじゃない？　そうすると、うわー宿題やんなきゃって気分になるんだよね」

「宿題？　どうでもいいじゃないか。そんなの」

いつになく、きつい口調だった。今までここに泊まった子たちのように、柚奈が出ていってしまうのではないかと不安になったのだろう。

「だよね。変なこと言ってごめん」

ずっとここにいると決めたのだから、夏休みの宿題なんて気にするほうがどうかしていた。家を出た瞬間から、学校とも友だちとも縁が切れたはずだった。

「ねえ、ゲームの攻略本、買いに行っていい？」

柚奈は大急ぎで話題を変えた。

「どうしても倒せないボスがいて」

「ああ、うちにあるゲームは古いから、もう攻略本は店頭にないだろうな」

「えー。そうなの？」

「ネット書店の中古か、オークションで手に入るよ」

見てみようか、と彼は立ち上がった。その後ろ姿を眺めながら、最後に外に出たのはいつだっけ、と思う。

最初の三、四日はよく車で出かけた。でも、車のドアを開けた瞬間のむっとする熱気や、エアコンが利き始めるまでの蒸し暑さ、温湿布を敷き詰めたようなシートといったものに我慢ができなくて、出かけるのをやめてしまった。

外に出なくても何ひとつ不自由はなかったのだ。ネットで注文した品物はたいてい翌日には届く。早いものなら朝注文すれば夕方到着である。生鮮食料品まで届けてもらえるから、暑い中を出かける必要などない。

冗談半分にケーキが食べたいと言ったら、彼は即座にデパ地下のオンラインショップからケーキをワンホール取り寄せてくれた。

それだけではない。びっくりするような値段のブランド品までネット通販で扱っていて、彼は「ガソリン代と駐車場代が浮いた分、プレゼントだよ」と言っては、それらを気前よく買ってくれた。

涼しくて快適な室内に居ながらにして、何でも手に入る。夢のような生活だった。だから、もう二週間以上、外出していないことに気づかなかった。宿題のことを思い出さなかったら、まだ気づかずにいたかもしれない。

ここは竜宮城みたいだ、と思う。楽しくて時間を忘れてしまう。だからこそ、ふと我に返ったとき、それまでいた場所のことが気に掛かるのだ。浦島太郎が少しだけ地上に戻ってみたいと願ったように。

彼が晩ご飯を作ってくれている間、柚奈はこっそり自分の携帯電話の電源を入れてみた。自由に使っていいと言われて、予備の携帯電話を手渡されていたものの、やはり「他人のケータイ」には遠慮がある。それに、もしかしたら友だちからメールが来ているかもしれない。レスはできなくても読むくらいのことはしたかった。

家を出てから、二週間以上経っているのだから、警察だってもう電波を追いかけているなんてことはないだろう。ちょっとだけ、と言い訳しながらボタンを押してみたのだが。

「あれ?」

ボタンを長押ししても携帯電話はうんともすんとも言わない。バッテリーが切れたのだ。そういえば、自宅を出てから全く充電していなかった。いくら電源をオフにしていても、ずっと放置していればバッテリーは自然に消耗してしまうと聞いたことがある。

こっそり充電しようと思い、バッグの中を探したが充電器が見当たらない。入れたつもりで忘れてきてしまったらしい。自宅を出てから一度も充電する必要に迫られなかったせいで、充電器がないことに気づかなかった。運悪く、彼の持っているものも予備のものも、柚奈のとは違う電話会社のものだった。

「ま、いっか」

そう自分に言い聞かせて、携帯電話をバッグにしまった。だが、そこで微《かす》かな不安が兆《きざ》した。

もしかして、私、ここに閉じこめられてる？

馬鹿なことを考えてしまった。柚奈は強く頭を左右に振り、その考えを追い払う。なぜ、閉じこめられているなどと思ったりしたのだろう？　ただ単に、暑くて外に出たくなかっただけだ。携帯電話だって、こうして借りているのだから、何の問題もない。その気になれば、この電話機から友だちにメールでも直電でもすればいい。

メアドは？　ケー番は？

覚えているはずがなかった。お互いのメールアドレスや電話番号はすべて赤外線通信でやり取りしている。アドレス帳に登録してしまえば、あとはボタンひとつで呼び出せるから、覚える必要などないのだ。

携帯電話のバッテリーが切れている今、そのアドレス帳を見る術《すべ》がない。唯一、記憶している電話番号は自宅の固定電話だけ。間違ってもかけたくない番号だった。友だちに連絡できないと気づいたとたん、急に不安を覚えた。命綱を断たれたとまではいかないけれども、自転車の補助輪を初めて外したときの気持ちに似ている。後でこっそりコンビニに充電しに行こうと決めた。友だちのアドレスを確かめるだけだから、何も内緒にする必要はない。そう思っても、どこか後ろめたいのはなぜなのか……。

しかし、その二時間後、彼がお風呂に入っている隙《すき》に出かけようとして愕然《がくぜん》とした。靴がなくなっていた。埃《ほこり》が積もらないようにしまっておいてくれたのかと思ったが、違った。下駄箱の中にあるのは、男物の靴ばかり。傘立ての陰まで覗《のぞ》いてみたけれども、柚奈の靴は影も形もない。

薄暗い玄関先で、柚奈は呆然《ぼうぜん》と立ち尽くす。閉じこめられた？　そんな馬鹿な話があるはずがない、と自らの思いつきを何度も何度も否定した。だいたい、こんな緩いやり方では閉じこめるも何もあったものではない。

靴が見つからないのは、彼がどこかに片づけておくと言ったのを聞き流してしまっただけかもしれないし、自分の靴がなくたって、逃げようと思えば彼の靴を拝借すればいい。

いざとなったら、裸足《はだし》でだって逃げられないわけじゃない……。

そうやって否定しても、不安は消えなかった。一度疑い始めてしまうと、何もかもが怪しく思えてくる。最初のころ、わざわざ暑い日中を選んで外出したのは、「家の中にいたほうがいい」と思い込ませるためではないのか。考えてみれば、田舎と違って夕方七時に商店街のシャッターが降りるなんてことはないのだから、日が落ちて涼しくなってから出かけてもよかったのだ。

それに、あれだけ大量の品物を注文していても、柚奈は宅配の業者と顔を合わせたことがない。宅配の業者は、裏口に設置された宅配ボックスに品物と伝票を入れて帰ってしまうからだ。彼は「いちいち印鑑を持って玄関まで出るのって鬱陶しいだろう。こっちの都合がいい時間にボックスまで取りに行くほうがいい」と言っていたが、本当にそうなのか。

漫画がどれも全巻揃《そろ》っているのは、「続きを買いに行きたい」と言わせないためではないのか？　古いゲームしかないせいで、「攻略本を買いに行きたい」という柚奈の要望は却下された。それと同じことなのではないか？

でも、彼は優しくしてくれる。悪い人間だなんて思いたくない。柚奈も彼のことが好きだった。うんと年上だとか、頼りになるとか、そういう部分よりも彼の寂しがりなところが好きだった。自分たちは、ちゃんと恋人同士なんだと思いたかった。私は他の家出少女たちとは違う、と。

それさえ、彼の企《たくら》みのうちだとしたら？　もしかしたら、彼は柚奈くらいの年齢の少女を監禁する趣味があるとか？　「泊め男」をやっているのも、帰る家のない少女を招き寄せるためではないのか？

そんなことを考えてばかりいたせいだろうか。時折、彼が険しい表情を見せるようになった。テレビを見ながら、「ここ行ってみたいね」と何気なく言っただけなのに眉《まゆ》をひそめた。柚奈が玄関に近づくのを彼はいやがっているようにも思えた。

ただ、暴力を振るったり、声を荒らげたりするわけではない。だから、それが自分の思い過ごしなのか、本当に彼が不機嫌になっているのか、わからなかった。

このまま、何も気づかないふりをするのが正解なのかもしれない。漫画やドラマでは、犯人に気づいてしまったら殺される。気づかないほうが安全なのだ。

なのに、また気づいてしまった。たまたま手に取ったコミックスの最後のページに、小さく鉛筆で走り書きがしてあった。

『ハヤク　ニゲロ　アタシモ　ニゲル』

落書きにしては文字が小さい。しかも、薄い。見落とすなら見落としてもいい、とでも言いたげな走り書きだった。彼の妹がいたずら半分に書いたものだろうか。それとも？

柚奈はそっとコミックスを書棚に戻した。最後まで読み終わっていなかったけれども、すっかり興味が失《う》せてしまった。あれほど知りたかった主人公の恋の行方も、どうでもよくなった。

それより、これからどうすればいいのか。いっそ逃げ出してしまおうか。でも、彼を悲しませたくない。でも、その彼が悪いヤツだったとしたら、自分の身が危ない。でも、彼を裏切りたくない。でも、でも、でも……。

とにかく、疑いを抱いていることを悟られてはならない。彼が悪いヤツでもそうでなくても。今までと同じように楽しげに振る舞いながら、彼が悪いヤツではないという証拠を探すのだ。それさえあれば、何の心配もない。これから先も楽しく暮らしていけるだろう。

これから先も？　いつまで？

なんだか怖くなって、柚奈はその先を考えるのをやめてしまった。それからというもの、時間の流れがたちまち遅くなった。ここへ来たばかりのころは、あっという間に毎日が過ぎていったのに、ほんの数分が何時間にも感じられた。

かといって、もう二度と漫画を読む気にはなれない。ゲームをするのも飽きた。彼とのおしゃべりも、今までほどには楽しめなくなってしまった。

その書き込みを見つけたのは、なんだか何もする気がなくなって、借りた携帯電話を弄《もてあそ》んでいたときだった。彼はたまたま宅配ポストに荷物を取りに行っていて、その場にいなかった。

ふと思い立って、彼の書き込みを見つけたサイトを再び覗いてみたのである。家出専用サイトというわけではないから、一目で広告とわかる書き込みも目立つ。泊まる場所を探していたときには全く目に入っていなかったけれども、むしろ広告のほうが多い。

その中でも、「強奪」の二文字は目立った。吸い寄せられるようにそのタイトルを選んで、全文を表示させた。読んでみて、電話してみようかと思った。プロに頼んで「恋人を横取り」してもらえば、彼にとって自分はもう必要なくなる。ここを出て行っても、彼が寂しがったり、傷ついたりすることはないんだ……。

そんな思いがちらりと脳裏をかすめたが、その時点では、本当に「オフィスＣＡＴ」というところに依頼をしようとまでは考えていなかった。身の危険も感じなかったし、自分の思い過ごしかもしれないのだ。それに、十万円もの大金はとても払えない。ただ、依頼人を装って事情を話し、「それはお客様の勘違いじゃありませんか?」とか何とか言ってほしかっただけだ。

しかし、電話に出た女の反応は違っていた。今度は、彼が晩ご飯の支度を始めるのを待って、オフィスCATに電話してみたのである。女はひととおり話を聞いた後で、何という家か教えて欲しいと言った。

「ごめんなさい。それはちょっと……」

話した感じでは悪い人とは思えなかったが、まだ彼の個人名を教えるほどには信用できなかった。

『では、所在地だけでもいいですから。何区とかそのくらいで』

「えっと……わかんないです」

自分はこの家の所在地を知らない。知ろうともしなかった。いくら東京に不案内だからといって、それでよかったのだろうか? にわかに不安が押し寄せてくる。

『だいたいどの辺、というのは? ファミレスから彼の家に向かう途中、高速道路は使いました?』

「使ってないです」

『うーん。一般道のほうが便利なのか、わざと高速に乗らずに二時間かけて移動したのか。途中、なんていう道を通ったとか、交差点の名前とか、なんでもいいんです。覚えてますか？』

話に夢中だったから、どこを走っているのかなんて気にも止めなかった。ただ、車が多いなと思っただけだ。

「家は世田谷って言ってた気がするけど」

『世田谷区？』

こんなことなら、宅配便の伝票を見て住所くらい確認しておくんだった。柚奈がそう言うと、女は『それはどうでしょうね』とつぶやいた。

『伝票はあらかじめ剝《は》がしておいたのかもしれませんよ。荷物は外の宅配ポストから運んできていたんでしょう？　あなたの目に触れる前に剝がすなんて、簡単なことですから』

「なんでそんなこと……」

泣きそうな声になっているのが自分でもわかった。

「そうだ。ケータイのＧＰＳ使えば現在地がわかるんだった。ちょっと待って。調べて掛け直すから」

相手が何か言いかけたようだったが、構わず電話を切った。どうせ掛け直すのだから、そのときに聞けばいい。それよりも現在地だ。

やり方はわかる。電話会社は違うけれども、携帯電話の機能なんて似たようなものだ。トップページを表示させるか、アプリを起動するかすれば……。

携帯電話の画面表示を慌ただしく切り替えながら、柚奈は顔から血の気が引いていくのを感じた。

この携帯電話には現在地を特定する機能がない。携帯サイトには不自由なくつなげるから気づかなかったけれども、GPS機能が付いていない機種だった。

何か重たい塊《かたまり》を飲み込んだようだった。キッチンからは何かを炒める音が聞こえてくる。まだ彼は戻ってこない。柚奈は発信履歴の番号を再び押した。

「どうしよう。ここがどこなのか、わからない……」

口走った後で、相手を確かめていなかったとあわてたが、幸いにも同じ女性だった。

『落ち着いて。GPS機能のない機種だったのね？　大丈夫よ。他にも方法はあるから』

「方法？」

『窓の外に何が見える？』

「庭しか見えないよ。広い庭だもん。ぐるっと木が塀みたいに囲んでるから、外なんて全然見えない」

話しながら、急に不安になった。見えているのは近所の家の屋根だけ。本当にここはどこなんだろう？

『大丈夫、大丈夫だから。庭しか見えないってことは、近くに大きな建物やマンションはないってことよね。それだけでも、十分ヒントになるの』

柚奈を落ち着かせようとしているのだろう、彼女は何度も「大丈夫」と言った。

『そこの家、かなり大きいんでしょう？　二階建て？　それとも、平屋？』

「二階」

『そう。庭も広いって言ってたわね？　近所の家もそんな感じだった？』

「違う……と思う」

『その家だけが大きかったのね？』

間違いない。最初のうちは車で外出したから覚えている。ごく普通の住宅街の中で、この家だけが「豪邸」だったのだ。

『近くにあるコンビニは何？』

「セブン－イレブン」

プライベートブランドのアイスクリームを買ってきてもらったから、それだけは間違いない。けれども、わかるのはそれだけだ。

『気が進まないかもしれないけど……そこがなんていうおうちなのか、教えて』

言ってしまったほうがいいんだろうか。柚奈がまだ迷っていると、相手は何か思いついたような口調で言った。

『窓、開けられる？』

たぶん、と答えながらキッチンの気配を確かめる。水を流す音。大丈夫だ。

『あと二分くらいで五時だから。時報とか学校のチャイムが聞こえるかどうか、確かめてみて』

そっと窓枠に手をかける。音を立てないように窓を開けようとしたときだった。けたたましい電子音が鳴り響いた。ぎょっとして飛び退いた拍子に足が滑った。

「どうした!?」

彼がキッチンから飛び出してくる。柚奈はあわてて取り落とした携帯電話をお尻の下に敷いた。尻餅をついてよかったなどと思ったのは初めてだ。

彼が窓を閉めると、けたたましい音は止まった。柚奈は大きく息を吐く。

「窓を開けると防犯用のセンサーが作動するんだよ。一人暮らしは空き巣に狙われやすいからね」

「そっか。そうなんだ」

「でも、どうして窓を？」

怪訝《けげん》そうな顔をされて、柚奈は大急ぎで「虫がいたから」と付け足す。時報が聞こえるかどうか確かめるために窓を開けた、なんて馬鹿正直に言うわけにはいかない。

「虫？　もう出ていったみたいだけど。念のために殺虫剤、撒《ま》いとこうか」

「うん。虫、大嫌い」

彼が殺虫剤を取りに行っている間に携帯電話の履歴を消去した。また隙を見て掛け直すにしても、履歴を残しておくのは危険な気がしたのである。

それにしても、窓にあんな仕掛けがあるなんて知らなかった。逃げられないかもしれない。初めてそう思った。

オフィスＣＡＴに三度めの電話をするチャンスは、思いのほか早くやってきた。物は試じと思って、「庭で花火をやりたい」と言ってみたのである。

「カレシと庭で線香花火って、いいなって。夕方、殺虫剤撒いたときに思いついたんだ。ほら、花火するときって、虫除けスプレーと殺虫剤が付き物だし」

もっともらしい理由がよかったのか、外に行きたいと言われるよりはいいと思ったのか、彼はあっさりと承諾し、コンビニに花火を買いに行った。

所要時間は約十分。これはアイスを買ってきてくれたときがそうだったから、確かだ。急がなければならない。柚奈はすぐに携帯電話を取り出した。

電話に出たのは今回も同じ女性だった。柚奈は、いきなり電話を切ってしまったことを謝ることにした。ちょっと感じが悪かったかも、と思ったからだ。

『あの場合は正解よ。窓にセンサーか何かが仕掛けてあったんでしょ?』

「うん。防犯装置だって。空き巣が入らないように」

『逃げられないようにするっていう可能性も考えられるけど』

そんなことないよ、と言いたかったけれども言えなかった。

『警察に通報したほうがいいと思うんだけど。私が代わりに電話してもいいわ』

「困ります！　警察はいや！」

警察なんて呼ばれたら、彼が誘拐罪で逮捕されてしまう。何より、柚奈は家に帰れない。親に連絡が行っては困るのだ。

『だったら、他の方法を考えなきゃ。お願い。なんていう家なのか教えて。それさえわかれば、あなたの居場所を特定できるの。世田谷区でセブン-イレブンが近くにあって、住宅街でマンションは見えないってことまでわかっているんだもの』

「警察には言わない？」

『言わない。約束する』

「白石」

短い沈黙があった。

「あの？」

『ああ、ごめんなさい。わかったわ。その家の所在地』

もうわかったのかと驚いたが、ネットで調べればあっという間なのだと気づく。さっきの沈黙は、検索をかけていたのだろう。

『今のところ身の危険はないのね？』

「身の危険？　全然、全然ないです。彼、優しいもの！」

思わず大声になる。電話口の向こうで小さなため息が聞こえた気がした。

『じゃあ、明日の昼間、うちのスタッフと会って少しだけ話してみない?』

「別にもう話すことなんか……」

『一人で悩んでるより、二人分の頭を使ったほうがいい考えが浮かぶかもしれないじゃない。あなただって、何かすっきりしないから電話してきたのよね?』

「でも、私、外出できないし」

『庭に出るくらいできないかしら? 窓からじゃなくて、ちゃんと玄関から』

「彼がいないときなら」

『だったら、大丈夫よ。時間は決めないでおくわね。彼が出かけたら、電話して。明日は近所にスタッフが待機してるから、すぐにそっちに行けると思う』

そう言って、彼女は簡潔に段取りを説明し始めた。

線香花火だけで十分と言ったのに、彼は花火セットを三つも買ってきた。それから真新しいビーチサンダル。コンビニの商品とはいえ、ピンクと水色の花飾りがついている可愛らしいものだった。

「ビーサンなんていいのに。どうせ庭なんだし」

「でも、せっかく二人で花火をやるんだから、これくらいあったほうがいいだろ」

　本当は浴衣も買ってあげたかったんだ、と彼は言った。無理無理、と柚奈は笑いながら首を振る。浴衣なんて幼稚園の行事で着せられたのが最後だ。買ってもらったとしても、ちゃんと着る自信がない。

　その後、二人で庭に出て花火で遊んだ。新しいビーチサンダルのせいで、靴のことは訊けなかった。

「妹と花火をしたのって、もう十何年も前のことなんだな。あいつ、恐がりだったから、自分じゃ線香花火しか持たなくてね。他のは見てるだけ」

「じゃあ、他の花火は全部、昇さんがやったんだ？」

「そうだよ。両手に二本ずつとか持ってさ」

「うわ。あっぶない」

「うん。一回か二回、火傷《やけど》した。でも、あいつが喜ぶから、つい」

「妹ちゃんにも優しかったんだね」

「シスコンだったのかな」

「あー、言えてる」

声をたてて笑いながら、こんなに優しい人なのにと思う。頭の片隅で警報が鳴るような気がするのが、不思議で仕方がない。彼のそばにいたいと思う気持ちと、怖くて逃げ出したい気持ちが交互にやってくるのは、なぜなのだろう？

「どうした？」

急に黙り込んでしまったからだろう、彼が訝《いぶか》しげに顔をのぞき込んでくる。

「妹ちゃんにちょっとヤキモチ焼いてた」

わざとふくれっ面を作ってみせた後、柚奈は彼の腕に鼻先をすり付けた。


遅くまで花火で遊んだせいか、翌日は昼近くまで起きられなかった。それでも無理矢理ベッドから這《は》い出したのは、水が欲しかったからだ。喉の奥が貼《は》り付いて息ができなくなるんじゃないかと思うほど、喉が渇いていた。

花火なんて一回でたくさんだ、と思った。そう思って、はっとした。都心のデパートに出かけた翌日も、同じことを考えなかったっけ？

あのときと疲れ方が似ている。何か、いやなものが足許《あしもと》から這い上ってくるような気がした。形のわからない、でも、とてもいやなものが。

だから、オフィスCATのスタッフに会ってみようと思った。本当は昨夜、電話を切った時点で約束を反故《ほご》にするつもりでいたのだ。

「ねえ、アイス食べたい。買ってきて」

こんなわがままを言っても、彼は怒ったりしない。むしろ、柚奈のわがままを歓迎しているようにさえ見えた。もしかしたら、死んだ妹がそういうわがままな子だったのかもしれない。

「ああ、買ってあるよ。コンビニ限定のやつだろ？」

「ううん。氷系のやつが食べたい。レモンとかソーダ味とか、そういう感じの」

「で、買ってこいって？」

「私もいっしょに行くから」

「いいよ。暑いの苦手なんだろ」

ごめんね、と小さな声で謝ると、彼は大きな手のひらで柚奈の頭をなでた。

彼を玄関まで送っていった後、柚奈はオフィスCATに電話をかけた。つながるなり、

『窓から庭を見てくれる?』と耳慣れた声が慌ただしく言った。携帯電話を手にリビングまで移動して窓の外を見る。

『ボールが見えるでしょう?』

その言葉どおり、子供用とわかる派手な配色のボールが目に入った。たった今、投げ込まれたばかりなのだろう、二度三度とバウンドして転がってくる。

『生け垣のところにうちのスタッフがいるから、ボールを手渡して』

再び玄関にとって返す。昨日のビーチサンダルをはこうと思ったが、やはり影も形もない。仕方なく柚奈は男物の靴を履いて外に出た。

窓を開けたときのように、けたたましい電子音が鳴ったらと思わないでもなかったが、思い切ってドアを押し開けた。拍子抜けするほどあっさりとドアは開いた。

考えてみれば、ついさっき、ここで柚奈は彼を見送ったのだ。内鍵を掛けたのは柚奈自身だった。何らかの細工が施される暇などなかった。

男物の靴を引きずるようにして庭へと向かう。外はやかましいほどに蟬《せみ》が鳴いている。ボールを拾い、生け垣に近づく。オフィスCATのスタッフを捜す必要はなかった。彼女のほうから「すみませーん」と声をかけてきたのだ。近所にも聞こえるような大声だった。

「子供がボールを投げ込んでしまって。助かりました」

生い茂った枝葉の隙間から覗き見ると、つばの広い帽子を目深にかぶった女性が手を振っている。その傍らにはベビーカー。まさか若い母親が来るとは思わなかった。

女はすばやく駆け寄ってくると、低い声で「ミナミヒナコです」と名乗った。よくよく見ると、日除けをおろしたベビーカーは空っぽだった。

「万が一、彼に見られても、子連れの女なら不自然じゃないでしょう。あ、まだボールは投げ返さないで」

事情は聞きました、と彼女は早口に言った。

「時間がないから、手短に言いますね。あなたは早くそこから脱出したほうがいい。ただ、単に逃走を図るのはまずい。彼はあなたの個人情報を把握しているでしょうから、逆恨《さかうら》みされて実家にでも押し掛けられたら大変なことになります」

「私、実家の住所なんて……」

「住所はしゃべっていなくても、どの辺に住んでいるとか、学校名とかは出してしまってませんか。それに携帯電話に制服の写メとか、ひとつくらい入ってるでしょう？　通っている学校がわかれば、ある程度の追跡はできてしまうものなんですよ」

「彼、勝手にケータイを見るような人じゃないです！」

思わず大声を出しそうになってしまい、柚奈はあわてて声を小さくする。

「それに、バッテリー切れてるから見たくたって見られないし」

「充電器、持ってきたつもりなのになくなってたんじゃありませんか」

ぎょっとして、ヒナコの顔を見る。

「食事の用意は彼がしてくれているんですよね？　手伝おうとしたらいやがられた、なんてことはないですか」

いやがられたとまではいかないが、慣れないことはしなくていいよと言われた。かえって危ないから、とも。それで食事の支度は彼に任せ、柚奈は後かたづけを手伝うことにしたのだ。

「出来合いのお総菜より、料理しながら薬を混ぜるほうが簡単ですからね。朝起きたら、異常なくらい喉が渇いていたこと、なかったですか？　寝坊したり、熟睡したりした後にはとくに」

それ以上は説明されなくてもわかった。あの倦怠《けんたい》感と喉の渇きは、睡眠薬の類《たぐい》を服用したせいだった。

「ところで、つかぬことを伺いますが、家のどこかでテディベアのペンダントを見かけませんでした？」

「ペンダント？　見なかったと思うけど。なんで？」

彼の妹の服やバッグは部屋にそのまま残されていたけれども、そこにアクセサリー類があったかどうかは定かではなかった。

「見ていないならいいんです。忘れてください」

間違っても彼には訊かないように、と念を押すと、ヒナコはさらに早口で言った。

「時間がないので、行動計画だけを言いますね。できるだけ早く、遅くとも明日の朝までには、私が何らかの形でこの家に入ります。私に会っても、初対面のふりをしてください。そして、頃合いを見て、あなたはトイレに行くふりをしてそのまま玄関から外に出てください。ところで、靴のサイズは二十三半だと大きいですか？」

「大丈夫だけど……」

「じゃあ、私が履いてきた靴をそのまま履けばいいですね」

「でも、ヒナコさんが困るんじゃ？」

「私は大丈夫。予備の靴も持参しますし、ちゃんと脱出のための段取りはつけておきます。

それより、自分が逃げることだけを考えて。あ、そうそう。外に出るとき、門扉は開けないでくださいね。警報が鳴りますから。閉めたままで乗り越えてください。コンビニの駐車場にスタッフの車を待機させておきます。紺色のセダンです。コンビニの場所、わかります？　門を出て、左にまっすぐ道なりに走れば三分くらいです」

「でも、私がいなくなったら、彼がかわいそう。きっとショックだと思うし」

「私がいます。というよりも、誰かがいればいいんですよ。彼は空っぽの鳥かごが我慢できないだけですから」

別に誰だっていいのだと言わんばかりの言葉に、柚奈が言い返そうとしたときだった。

「彼の妹さん、自殺したんです」

蟬の声がかき消すように聞こえなくなった。事故じゃありません、という声がひどく遠い。どうして、と問い返す自分の声もまた遠く聞こえた。

「わかりません。ただ、亡くなる前の一、二年、妹さんは家からほとんど出なかったそうです。まるで監禁されていたかのように」

彼の妹に対する愛情が度を超しているように思えたこともある。ただ、二度と会えない者に対して抱く思いは、いつでも会える者に対するそれよりもずっと強い。そのせいだろうと解釈していた。でも……。

「部屋に戻ったら、ご自分の携帯電話のバッテリー、蓋《ふた》を開けて調べてみてください」

「バッテリー？　なんで？」

しかし、彼女はそれに答えず、「ボールを投げて」と小さく叫んだ。彼が戻ってきたのだろう。言われるままにボールを投げ返した。赤と青と黄色の三色がくるくると混ざり合い、生け垣の向こうへと消えた。

「どうもすみません！　お手数おかけしました！」

おばさんたちがよくやる、甲高い作り声が響きわたった。柚奈はぼんやりと生け垣の向こうを見つめる。ほんの一歩か二歩、後ずさっただけで、もう向こう側の様子はわからない。顔をくっつけて、枝の隙間から覗き込まないと何も見えないのだ。

柚奈、と呼ぶ声で我に返った。あわてて柚奈はその場を離れる。

「おかえりなさい。あのね、今、ボールが中に入っちゃったって、女の人が……」

「ああ。迷惑な話だよな」

吐き捨てるような口調だった。彼がこれほど敵意を露《あら》わにしたのは初めてだ。自殺したんです、という言葉が唐突に耳に蘇《よみがえ》り、柚奈は狼狽《ろうばい》した。

「暑いだろ。早く中に入ろう」

ビーチサンダルが見当たらなかったことを柚奈は口に出せなかった。彼もまた、柚奈の足許を見ても何も言わなかった。

彼が洗面所で手を洗っている間、柚奈は自分の携帯電話を取り出し、バッテリーの蓋を開けた。この中にいったい何があるというのだろう?

だが、すぐに柚奈は蓋を閉めた。大急ぎで携帯電話を片づける。心臓が大きく跳ねているのがはっきりわかった。

携帯電話が使えなくなったのは、バッテリーが消耗したせいではなかった。バッテリーのコードが切断されていたのだ。


オフィスCATの「行動計画」は速やかに実行に移された。あまり味のしないソーダアイスをかじり、彼といっしょに対戦ゲームをやり、なんとなく一段落な雰囲気になってきたころだった。生け垣越しにミナミヒナコという人と会話して、まだ二時間も経っていなかった。

彼の携帯電話が鳴った。めずらしいこともあるものだと思った。考えてみれば、彼が自分以外の誰かと電話するのを見るのは初めてだった。

しかも、彼は困ったような顔で「書き込みはもう削除しておいたはずだけど？」と言っている。それでピンときた。例の携帯サイトだ。柚奈がずっとここにいると言い出したから、彼は連絡先入りの書き込みを削除した。だから、もう家出少女から連絡が入ることはないはずなのだ。

「昇さん、泊めてあげなよ」

思わず傍らから口を挟んだのは、その電話がオフィスＣＡＴによるものだと気づいたからである。

ヒナコは「何らかの方法で」と言ったから、このやり方が失敗したときのことも想定済みには違いない。それでも、自分が助けてもらう立場にある以上、協力すべきだと思った。

「泊まるとこなくて困ってる子からだよね？　助けてあげようよ。私のことはいいから。かわいそうだよ」

柚奈が重ねて言うと、彼は眉根を寄せながらもうなずき、「今、どこ？」と聞いた。が、すぐに「え？　それってうちの近所だよ」と驚いた声で言った。

「それじゃ、そのまま駅前にいてくれたら、迎えに行くから。そう、コンビニがあるだろう？　そこからなら外が見えるから」

そして、彼は車種を言って電話を切った。近くに駅があったなんて知らなかった。

「家出……だよね？」

「うん。なんでも、家出する一カ月前から僕の書き込みをチェックして、電話番号を控えてたらしいよ」

「じゃあ、私より先じゃん。ってことは、その子が先に家出してたら、私、路頭に迷ってたんだ」

そう言いながら、ふと不安が兆した。もしも本当の家出少女だとしたら？　考えてみれば、柚奈は彼の携帯電話の番号を電話の女性にもミナミヒナコにも教えていない。サイトの書き込みはすでに削除されていたのに、どうやって彼の番号を調べたのか。

「私も行っていい？」

車のキーを手に出ていこうとする彼を柚奈は呼び止めた。もしも、本当の家出少女なら、オフィスCATの計画に支障が出てしまう。何より、自分の余計な言葉で無関係の少女を巻き込むことになる。それは避けたい。しかし。

「いいよ。どうせ近所だから。すぐ戻る」

彼は笑顔で柚奈を押しとどめると、足早に部屋を出ていってしまった。

そうだ、と柚奈は大急ぎで携帯電話を取り出した。０８０で始まる電話番号を押す。もうすっかり暗記してしまったオフィスＣＡＴの番号だ。さっきの電話が本物の家出少女なのか、それともオフィスＣＡＴの「作戦行動」なのか、直接訊いてみればいい。

『はい、オフィスＣＡＴです』

ああ、よかった、と思う。別に何ひとつ問題が解決したわけでもないのに、どこか安堵《あんど》感に似たものを覚えた。

「あの、さっき彼のケータイに……」

それ以上言う必要はなかった。

『ええ。うちのミナミが電話をかけました』

「よかった。私、つい泊めてあげなよって言っちゃったから。もし、全然関係ない子だったらって」

大丈夫よ安心して、という穏やかな声が耳に心地よかった。

『説明済みだとは思うけど、彼女と顔を合わせても初対面のふりをしてね』

「それから、トイレに行くふりをしてヒナコさんの靴を履いて逃げる、だったよね」

『はい、よくできました。それから、怪しまれると困るから、持ち出すのは身につけられるものだけにしてね。ケータイとか財布とか。バッグはひとまず置いていって』

とにかく逃げることを最優先で、と言われると、にわかに緊張してくるのがわかった。

「でも、あの……。今さらなんだけど」

『大丈夫よ。落ち着いてやれば』

「違うの。私、お金持ってないから、料金払えなくて。十万円なんて、絶対無理だし」

最初は依頼する気がなかったから、気にも留めなかった。逃げないと危ないとわかってからは、言い出せなかった。お金がないなら助けない、と言われたらどうしようと思ったのだ。でも、いつまでも黙っているわけにはいかない。

『そのことなら心配しないで。あなた、彼に服とかアクセとか買ってもらってるよね？　それを料金代わりに回収するから。ああ、回収はうちのミナミがやるから、あなたは気にしないで逃げてね』

「そんなのでいいの？」

『物納不可っていう規約はないしね。前例もないけど』

よかった。これで気がかりがひとつ消えた。

『それじゃ、セブン‐イレブンの駐車場で会いましょう。靴を見ればわかるから、私のほうから声をかけるわね』

電話を切り、例によって履歴を消去した。この携帯電話を使うのもこれが最後になるだろう。たぶん。

切断されたコードを思い出すと身震いがした。彼は柚奈の持ち物を勝手に物色し、バッテリーに細工を施し、充電器を持ち去った。あの優しい笑顔の裏側で。

いっそ、彼が戻ってくる前に逃げ出してしまおうかとも思った。靴の問題を別にすれば、この上ないチャンスだ。辛うじて思いとどまったのは、「ただ逃げたのでは逆恨みされるかもしれない」というヒナコの言葉だった。

じりじりしながら、彼の帰りを待った。自分の携帯電話をパンツのポケットに入れ、Tシャツの裾《すそ》で隠れることを鏡に映して確認した。財布までは身につけられなかったから、玄関の傘立ての陰に隠した。

そこでちょうど、ガレージに車を入れる音が聞こえた。柚奈はあわててリビングに駆け戻り、何食わぬ顔で彼とミナミヒナコを迎えた。

初対面のふりをするのは思いのほか難しかった。いや、初対面云々《うんぬん》以上に驚きを隠すのが一苦労だった。昨日、生け垣越しに会った若い母親と、目の前のミナミヒナコは別人だった。

柚奈よりは年上に見えるものの、化粧っけのない顔はぎりぎり高校生で通用する。リボンのついたバレッタを髪に留め、ロゴの入った野暮《やぼ》ったいTシャツにデニムのミニスカート。大きなナイロンバッグ。柚奈と同じ地味系高校生に見えた。

「彼女も家出仲間だから。安心していいよ」

冗談めかして彼が柚奈を紹介すると、ヒナコは気弱そうな笑顔を見せた。それでいて、物珍しそうにあちこちを見回している。そういえば柚奈も、初めてこの家に足を踏み入れたときには、首が筋肉痛を起こすんじゃないかと思うくらい、あっちもこっちも見回さずにいられなかった。

ただ、同じことを目の前でやられると、少なからず不愉快なものだと知った。つい表情や口調が不機嫌になるのを抑えられなかった。ヒナコがソファに腰を下ろすのと入れ替わりに柚奈は立ち上がっていた。

「柚奈?」

不機嫌なのに気づいているのかいないのか、不思議そうな顔で呼び止めてくる彼にも苛立ちを覚えた。トイレ、とだけ短く答えて、柚奈はリビングを出た。

トイレのドアをわざと乱暴に開け閉めした後で、あまりにも自然に席を立ってきたことに気づいた。本気でムカついていたからだ。演技しようと思っていたら、もっとぎこちなかったに違いない。

足音を忍ばせて玄関に向かう。ヒナコが履いてきたのは走りやすそうなゴム底の靴だった。傘立ての陰から財布を取り出す。音を立てないように内鍵を回し、ドアを開けた。やかましいほどの蟬の声が降ってくる。

後ろ手にドアを閉め、門扉まで走った。勢いをつけて飛びつき、乗り越える。呆気《あっけ》ないほど簡単だった。

簡単すぎる、と何度もつぶやきながら走り、息が続かなくなって足を止めた。振り返っても、あの家が見えないことに安堵し、Ｔシャツの袖《そで》で汗を拭《ぬぐ》った。

そこで、またも疑念が涌《わ》いた。逃走はあまりにも簡単すぎた。本当にミナミヒナコを信じてよかったのだろうか。だいたい、彼女は本当に自分を助けてくれたのかどうか。いいように丸め込んで、彼から柚奈を引き離そうとしたのではないのか？

そもそも、オフィスＣＡＴは恋人や配偶者の強奪を業務としていると書かれていた。ならば、彼女たちが別の誰かに頼まれて、柚奈から彼を強奪したとしても不思議はない。

そっちのほうが辻褄《つじつま》が合う。変だと思っていたのだ。本気で柚奈をあの家から逃がそうとしていたのなら、なぜ彼がヒナコを迎えに行っている間に逃げろと言わなかったのか。所要時間にしておよそ十数分。それだけあれば、歩きにくい男物の靴を履いていたとしても、コンビニくらいまでなら逃げられる。

駐車場に待機しているというスタッフに靴を持参してもらえれば、そこから先はごく普通に逃走できる。柚奈の頭でも考えつくようなシンプルかつオーソドックスな計画をなぜ彼女たちは提案してこなかったのか？

答えはひとつ。「敵」だから。彼女たちは柚奈の不安につけ込んで、彼と別れさせようとしたのだ。自分の迂闊《うかつ》さが情けなかった。なぜ、よく知りもしない彼女たちを信用してしまったのか。いくら不安だったとはいえ、あれほどの変装をやってのける女なのだから、まず疑ってかかるべきだった。

おそらく彼の昔の恋人あたりが依頼したのだろう。だとすれば、すぐにあの家の場所が特定できたことも、削除されたはずの電話番号を知っていたことも説明がつく。

柚奈は回れ右をした。たった今、全力疾走してきた道を引き返す。早く彼のところに戻らなければ。彼まで騙《だま》されてしまう前に。

走って走って、ようやく門扉の前までたどり着いた。来たときと同じように乗り越えた後になって、今度は逃げているわけではないのだから、正々堂々と開けて入ればよかったと気づく。

玄関の鍵はかかっていなかった。もしかしたら、柚奈が抜け出したことに彼はまだ気づいていなくて、長いトイレだな、くらいにしか考えていないのかもしれない。

靴を脱ぎ捨て、リビングへと走る。

「昇さん！　その女に騙されちゃだめ！」

彼とヒナコが揃って振り返る。二人して驚きの表情を浮かべているのが腹立たしい。

「私も騙されるところだったの！　その女は私と昇さんを別れさせようとしてて、私にここから逃げろとか何とか言って。高校生なんて大ウソなんだから！　昨日、生け垣のところでベビーカー押してたおばさん、彼女の変装だったんだよ！」

そこまで一気にまくし立てたときだった。不意に彼が立ち上がる。はっとした表情でヒナコがテーブルに手を伸ばす。彼女は水の入ったコップをつかむと、それを彼に向かってぶちまけた。が、もちろん、それで怯《ひる》むような彼ではなかった。

彼がポケットから何かを取り出すのを見たと思った。その手がヒナコに向かって突き出される。スプレーだ、と柚奈が気づくのとほぼ同時に、ヒナコがまともにそれを浴びてうずくまる。防犯用の催涙スプレーだろう。まさか、彼がそんなものを持っていたとは知らなかった。

「柚奈、ありがとう。騙されるところだったよ」

彼の笑顔を見て、柚奈は胸をなで下ろす。強《こわ》ばった肩から少しだけ力が抜けた。

「よかった。信じてもらえなかったらどうしようと……」

言いかけて、柚奈は口をつぐんだ。反対側のポケットから彼が取り出したのはスタンガンだった。実物を見るのは初めてだったけれども、ドラマや映画で見たことがある。

「悪いやつは捕まえておかないとね」

彼はにこにこ笑いながら、それをヒナコのわき腹に押しつけた。古い電化製品がショートしたような音とともに、彼女の体が不自然に跳ねた。

何もそこまでやらなくても、と言いたかったが声が出ない。催涙スプレーだけでもやり過ぎだと思ったのに、スタンガンまで。何より、彼がそんな物騒《ぶっそう》なものを当たり前のようにポケットに入れていたことがショックだった。

しかも、彼の動作には無駄がなく、またためらいも感じられなかった。所持していただけではなく、彼はそれらを使ったことがあるのではないか。それも一度や二度ではなく。

柚奈は思わず後ずさる。

「それから、悪い子にはおしおきが必要だ」

変わらない笑顔だった。いつもと同じ優しい声だった。なのに、彼の手にした催涙スプレーは柚奈のほうへと向けられていた。


涙と鼻水がおさまった後も、しつこく目が痛んだ。痛みに顔をしかめると、瞼《まぶた》や鼻の周りの皮膚がひりついた。

「まだ痛む？　せめて顔を洗えればいいんだけど」

ヒナコが心配そうに顔を覗き込んでくる。彼女だって催涙スプレーを噴きつけられているし、それどころかスタンガンまで使われている。柚奈がそう言うと、「私ならたいしたことないわ」とヒナコは微笑《ほほえ》んだ。

「とっさに目をつぶったし、息も止めたから。顔がひりつくのはしょうがないけど」

柚奈が催涙スプレーだけで済んだのは、手心を加えてくれたというわけではない。単に、スタンガンの調子が悪かったのだ。幸運な偶然なのか、多少なりともコップの水が役に立ったのか、その辺りはわからない。

とはいえ、スタンガンの有無など些末《さまつ》な違いでしかなかった。二人とも揃って手錠をかけられ、監禁された。柚奈の知らない部屋だった。

この家は隅々まで見て回ったつもりでいたが、地下に作られた小さなレッスン場までは気がつかなかった。バレエを習っていたという妹のために造られたものだろう。決して広いとはいえないが、一人で踊る分には事足りるスペースがあり、鏡張りの壁にはバーまで設《しつら》えてある。

そのバーに手錠の一方をつながれる形で柚奈たちは拘束されていた。「バーの長さ分は移動できるし、片手は自由になるんだから、そんなにひどいものでもないだろう？」と、にこにこ笑いながら言われて、ようやく柚奈も彼が普通ではないと悟った。

バレエのレッスン場である以上、ここはしっかりした防音構造になっているに違いない。つまり、泣いても喚《わめ》いても外には聞こえないということだ。非常灯の薄明かりがなかったら、恐ろしさで頭がおかしくなってしまったかもしれない。

彼はこのレッスン場を監禁場所としてだけでなく、隠し場所としても使っていた。柚奈の靴も充電器も部屋の片隅に放置されていた。他に見慣れない靴やバッグがあるのは、以前に監禁された少女たちのものだろう。

「怪我はしてない？　動ける？」

首を横に振ったとたん、涙がこぼれ落ちた。自由になるほうの手で拭おうとすると、ヒナコがその手を押さえた。

「擦《こす》っちゃだめよ。後で痛みがひどくなるから」

涙は催涙スプレーのせいではなかった。

「ごめんなさい。私が余計なことしたせいで」

あのとき、自分が引き返さなかったら。ヒナコの指示どおりコンビニの駐車場まで走っていれば。

「ごめんなさい……」

「いいのよ。ちゃんと説明してなかったんだから、仕方がないわ。あなたのせいじゃなくて、私たちの落ち度よ」

説明も何も、ろくに話す時間がなかったのだ。それを落ち度とは呼べないだろう。

「騙されてるって……思った。彼のケー番とか知ってたし……住所だって」

喉の奥が不自然に震えて、言葉がみっともなく途切れた。それでも、何かしゃべっていないと不安だった。

「ああ、そういうことね。ごめんなさい。私たちが彼の電話番号や住所を知っていたのは、以前にも取り扱った案件だからなのよ」

だから、彼の手口も知っていたのだ。そして、柚奈の置かれた状況も。

「できることなら、十分な説明をした上であなたを助け出したかったんだけど。ただ、今回は急ぐ必要があったの。常習犯っていうのは回を重ねるにつれてやり方がエスカレートしていくものだから。窓枠にセンサーが付いていたなんて、前回の担当者は言ってなかったし」

なるほど、それを知っていれば電話の女性は柚奈に窓を開けさせたりしなかっただろう。知らなかったからこそ、時報を確認させようとしたのだ。

「ただ、彼が常習犯だってことは前回の案件が解決した時点でわかってたの。だから、私たちはその後も同じサイトに広告を出し続けることにした。ひょっとしたら、あなたみたいに助けを求めてくる子がいるかもしれないから。念のために連絡先は変えたけどね」

「連絡先を変えたって？」

「うちの広告は、固定電話の番号を載せることにしてるの。そのほうが信用してもらえるでしょう」

「でも、私が見たのってケータイの番号だった」

０８０で始まる番号。まだ覚えている。

「だって、連絡を取ってくるとしたら、彼名義の携帯電話を使うはずだから。支払い明細を見れば番号が同じだとわかってしまう」

だからここを出たら、また番号を変えておかないとね、とヒナコは言った。

「ここを出たら？　出られるの？」

「もちろんよ。脱出のための段取りはつけておくって言ったでしょう。あなたが動けるなら、行動に移るけど。まだ目が痛むなら無理しないでね」

「ううん。大丈夫。こんなとこ早く出たい」

「わかった。ちょっと手伝ってくれる？」

ヒナコはそう言って、髪からバレッタを外した。

「時代劇なんかだと、かんざしで錠前を開けたりしてるでしょ？　髪飾りの用途は今も昔も変わらないのよ」

床に落ちるなり、バレッタがばらばらになる。壊れたのかと思ったが、もともと分解できる仕様になっているらしい。それらの中から、L字型になった部分とギザギザになっている部分とをヒナコは拾い上げた。

「何を手伝えばいいの?」

「金具を片方、押さえてて」

「金具?」

「ピッキングって聞いたことない?」

L字型の金具を手錠の鍵穴《かぎあな》に差し込み、ヒナコは楽しげに笑った。

「警官が持ってるような手錠は無理だけど、ネット通販のまがい物だったら、これで開けられるのよ」

本当だろうか、と訝っている時間はそう長くはなかった。かちり、と気持ちのよい音がして手錠が外れる。すぐにヒナコは柚奈の手錠を外しにかかった。

ヒナコの両手が自由になった後は、あっと言う間だった。左手でL字型の金具を押さえ、右手に持ったギザギザの金具で何度か鍵穴をがちゃがちゃいわせたかと思うと、もう手錠は外れていた。

次にヒナコがしたのは、ドアの鍵を調べることだった。しかし、彼女は顔をしかめて小さく首を振った。

「開けられないの？」

「ピッキング可能なのは、シリンダー錠とか南京錠だけだから。残念ながら、ここのドアは電子錠なの」

「せっかく手錠外せたのに……」

「心配しないで。それならそれで別のやり方があるから」

ヒナコはドアから離れると、今度は部屋の片隅に放置してある靴だのバッグだのを物色し始めた。

「いつでも逃げられるように、靴を履いておいて」

言われて、自分の靴を拾い上げる。ソックスも何もなかったが、両足とも違和感なく靴に収まった。

「ヒナコさんの靴は？」

「ここにあるのを借りるわ。今さら持ち主が文句を言うこともないだろうし」

靴を履いた後、ヒナコはナイロン製のスポーツバッグを手に取り、小さく丸めた。

「あの男が戻ってくるまで、しばらく真っ暗になるけど我慢してね」

「真っ暗って？」

「これから非常灯を消すから。できるだけ奥の壁に体を寄せておいて」

もう足を引っ張りたくない。言われたとおりに壁に背中を張り付けると、ヒナコは丸めたスポーツバッグを非常灯に叩きつけた。

甲高い音とともに視界が闇になった。スポーツバッグの本体はナイロンでも、ベルトやファスナーは金属である。そこがうまく当たるようにして、非常灯を叩き割ったのだろう。

「すごい。もしかして、ヒナコさんって本物の探偵なの？」

いいえ、と闇の中で笑う気配がした。

「探偵じゃなくて泥棒猫よ」

泥棒猫。つい先日、手を出してすぐに投げ出した恋愛シミュレーションゲームの中にそんな台詞があった。ヒロインが敵役の女キャラから罵倒されるのだ。この泥棒猫、と。あなたの恋人・配偶者、強奪して差し上げます、という宣伝文句は冗談でもはったりでもなく、本当のことだった。

会話が途切れると、急に暗闇が怖く思えた。相手がどこにいるか、全くわからないせいだろう。とにかく何か話そうと、柚奈は必死で言葉を探した。

「えっと、あの……。どうしてヒナコさんは……ええと」

「泥棒猫なんてやってるのかって？」

柚奈はうなずく。誰かの恋人や配偶者を横取りするというのは、決してたやすいことではないはずだ。あのゲームのヒロインのように、罵倒されることもあるだろう。今回のように危険な目に遭《あ》うこともあるだろう。いくら十万円と引き替えでも、割に合わない気がした。

「お金のためじゃないよね？　だって、ヒナコさんなら、いくらでも就職先なんてありそうだもん。何もわざわざ……」

「他人のカレシやダンナ様を横取りするような、いかがわしい仕事につかなくたっていいのにねえ？」

「別に私は……」

柚奈は弁解するのをやめた。ヒナコが言ったのと似たようなことを思い浮かべたのは事実だ。

「確かに、真っ当な人間のやることじゃないわ。私もそれには同意」

「だったら、どうして」

「どうしてかしらね」

　他人事（ひとごと）のような口調だった。はぐらかそうとしてそんなことを言ったのか、それとも本当に他人事なのか、顔が見えないせいで判断がつきかねた。

「でも、何の理由もなしにやってるわけないよね？」

そうね、という答えの後には沈黙があった。暗闇のせいで、やたらと長く感じられる沈黙だった。

「過去の自分を助けてあげたい……から」

ためらいがちな声だった。

「誰にも助けてもらえなかった自分のために、他の誰かを助けてあげたい」

思わずヒナコのほうを見る。見えないとわかっていても見てしまう。

「そういう気持ちって、あなたの年齢じゃ、まだわからないわよね」

「そんなことない！　わかるよ！　私、それで家出したんだもん！」

闇の中で叫ぶ。また涙が出そうになる。わかる。わからないはずがない。母親に捨てられる痛みを知っているから、生まれる前に捨てられようとしている弟か妹を助けてやりたかった。友だちや学校、自分の将来と引き替えにしても、手をさしのべたかった。

そうだったの、と穏やかな声が返ってくる。ヒナコの事情は知らないし、自分もまた詳しい経緯を打ち明けたわけではない。けれども、その声だけで十分だった。この人、私と同じなんだ、と思った。

だから、「よかったら話して」と言われたとき、素直に事情を打ち明けることができた。問われるままに答えた。いつの間にか、泣き出していた。不思議だ。彼に話したときには、安堵感を覚えはしたけれど、泣きはしなかった。

柚奈はレッスン場の奥の壁に貼り付いていて、ヒナコはドアのそばに身を潜めていたにも拘わらず、すぐ真横で話を聞いてもらっているような気がした。

東京駅から路線バスに乗り換えた話をしているときだった。ドアの鍵穴が回る音がした。しっ、とヒナコが合図するのと同時にドアが開いた。

ヒナコが跳ぶのを見たと思った。同時に重たいものが床に落ちる音がした。ぐえっという呻《うめ》き声が聞こえた。ドアの陰から飛び出して相手を取り押さえるなんて、アクション映画を見ているみたいだ、と思う。

「走って！」

叱責《しっせき》にも似たヒナコの声で、柚奈は弾かれたように走り出す。小柄なヒナコが彼を床に取り押さえている。この人、こんなに強かったんだ、と驚く。

なのに、あっさり捕まったのは、柚奈がいたせいだろう。柚奈を置いて逃げるわけにはいかないから、敢《あ》えて捕まり反撃の機会を待ったのだ。

三たび門扉を乗り越え、どっちへ走ろうかと迷っている柚奈の鼻先で車が急ブレーキをかけて停まった。運転席の窓が開く。

「後ろに乗って！」

見れば紺色のセダンだった。いつまでたっても柚奈が姿を現さないから、この付近をぐるぐると走り回っていたに違いない。或いは、コンビニの駐車場で合流できなかったときには、この家の近くで待機する取り決めになっていたか。

「ヒナコさんがまだ中に……」

「大丈夫。すぐに出てくるから」

あの電話の声だった。思っていたより、ずっときれいな人だ。

「ほら、来た」

玄関から駆け出してくる姿が見えた。その腕には二つのバッグが提げられている。片方は柚奈のものだった。荷物を抱えているせいで、やや不格好な動作でヒナコが門扉を乗り越える。

「あれだけは警備会社に通報が行くから、しょうがないんだよねえ」

くすくす笑いながら、電話の女性は車を門扉に寄せた。

車の中で、電話の女性は「篠原楓《しのはらかえで》」と書かれたネームカードを見せてくれた。ミナミヒナコが「皆実雛子」と書くと教えられ、少なからず驚いた。想像していた漢字と全く違っていたからだ。

実は雛子たちの目的は、柚奈の救出だけではなかった。前回の案件の依頼人、つまり柚奈の前にあの家に拘束されていた女性に頼まれて、捜し物をしていたのだという。初対面のときに雛子が言っていた「テディベアのペンダント」である。すでに処分されているのか、まだ家の中に保管されているのかは不明だった。

それを確かめるためにも、怪しまれずにあの家に入る必要があった。柚奈からの連絡は、雛子たちにとっても渡りに船だったという。

「そんなに大事なペンダントだったの？　危ないってわかってる場所なのに」

「お母さんの形見だそうよ。逃げるときには命のほうが大事でも、安全な場所まで逃げてしまうと、今度はなくした物が気になって仕方なくなる」

現金なようだけど人はそういうもの、と雛子が言ったのは、以前にも何か似たようなことがあったのだろう。

「ただ、彼女にしてみれば、次の一歩を踏み出すために必要なものだったから」

「次の一歩？」

「ペンダントが戻ってきたら、警察に被害届を出す。そう決心したって言っていた。誰かが被害届を出して、事件を表沙汰にしないと、あの男はまた同じことを繰り返すでしょう。だから、私たちも協力することにしたの。格安料金でね」

「あ。私の料金……」

柚奈が白石昇に買ってもらった品を料金代わりにもらい受けるからと楓は言った。けれども、自分が余計なことをしたせいで、とてもそんな余裕はなかったはずだ。柚奈がそう言うと、雛子は笑って首を振った。

「あなたからは正式に依頼を受けていないもの。ペンダントを探すために利用させてもらっただけ。だから、報酬は発生しないわ」

「でも、助けてもらったのに」

「協力してもらった謝礼代わりよ」

　雛子は助手席から振り返って微笑んだ。


　そのままオフィスCATに向かうのかと思ったが、紺色のセダンは三十分ほど走ったところで、ファミレスの駐車場に入った。

　楓から紙袋を手渡され、まずトイレで顔と目をよく洗ってくるようにと言われた。紙袋の中身はタオルと目薬と塗り薬だった。トイレの鏡に映った自分の顔を見て、その理由がよくわかった。

　目の周りだけでなく、顔全体が赤く腫《は》れていたし、白目に至ってはまるでウサギの目だった。何度も水で顔を洗い、目薬をさし、顔全体に塗り薬を広げた。それでもまだつっぱるような感覚が残っていた。催涙スプレーの成分というのは、相当強力なものらしい。

　トイレから戻ると、見知らぬ女性が雛子の隣にいた。雛子よりもいくらか年上だろうか。雛子の年齢がさっぱりわからないから、何とも言えないが。柚奈が戸惑っていると、彼女は「浅沼陽子《あさぬまようこ》です」と名乗った。

「あなたを家まで送り届けてくれる人よ」

家と言われて、自分が家出中だったことを思い出した。彼といるときでさえ、いつも心の片隅に引っかかっていたが、さすがに逃走劇の最中には忘れていた。

「でも私、帰れない。だって、私が帰ったら……」

言いかけた柚奈を浅沼陽子という女性が遮《さえぎ》った。

「あなた、生まれてくる赤ちゃんを助けたくて家出したのよね？　あんまり心配をかけると、赤ちゃんのために良くないのはわかるでしょう。そのためにも帰ったほうがいいわ」

「だって……」

自分が家に戻ったところで、問題が解決するわけではないのだ。お金が空から降ってくるわけでも、父親の再就職が決まるわけでもない。

「確かに、おうちが大変なのはわかるけど、あなた一人が背負う問題じゃないのよ。それに、あなたにはあなたの義務があるでしょう」

「義務って？」

「新しいお母さんのお手伝い。妊婦はいろいろ大変なのよ。ちゃんと助けてあげなきゃ」

だから帰りなさい、と重ねて言われて、柚奈は首を縦に振った。ずっと誰かにそう言ってほしかった。本当は帰りたかった。帰りたくてたまらなかった。父親のカノジョが突然現れて、親子ほども歳の違う弟か妹が生まれてくる、そんな大事件続きの自分の家に。

「自分では言いにくいだろうから、彼女からご両親に事情を説明してもらうといいわ」

そう言って雛子は浅沼陽子のほうを向いた。

「ごめんなさい。急にこんなことをお願いして。どこの馬の骨とも知れない私たちより、家裁の調査員のほうが先方も安心すると思うから」

「まだ、ペーペーの新人なんだけどね、私」

「名刺見ただけじゃ、わかりっこないわよ」

いたずらっぽく笑った雛子だったが、すぐに真顔に戻って付け加えた。

「それに知っての通り、私たちはできるだけ表に出たくないものだから」

「いいのよ。私だって、助けてもらった一人だもの」

驚いて浅沼陽子を見ると、彼女は「オフィスCATの依頼人第一号は私なの」と笑った。

過去の自分を助けたいから、という雛子の言葉が耳に蘇った。

「そうと決まったら、まず家の人に連絡しないとね」

雛子が自分の携帯電話を差し出してくる。何と言って電話すればいいのだろう？

「早く。きっと心配してるから」

携帯電話を受け取る。電話を取るのは父親だろうか、それとも……。自宅の番号をひとつひとつ押しながら、柚奈は家族の顔を思い浮かべた。

本書に収められた作品はすべてフィクションであり、
実在の個人・団体などとは一切関係がありません。

●初出

泥棒猫貸します　「問題小説」２００５年３月号（「泥棒猫」を改題）
九官鳥にご用心　「問題小説」２００５年10月号（「物真似鳥」を改題）
カッコーの巣の中で　「問題小説」２００６年２月号（「托卵」を改題）
カワウソは二度死ぬ　書下し
マイ・フェア・マウス　「問題小説」２００６年８月号（「独楽鼠」を改題）
鳥かごを揺らす手　書下し

徳間文庫をお楽しみいただけましたでしょうか。どうぞご意見・ご感想をお寄せ下さい。

宛先は、〒105－８０５５　東京都港区芝大門２－２－１　㈱徳間書店「文庫読者係」です。

徳間文庫

泥棒猫ヒナコの事件簿

あなたの恋人《こいびと》、強奪《ごうだつ》します。

2010年11月15日 初刷

著者 永《なが》嶋《しま》恵《え》美《み》

発行者 岩渕徹

発行所 株式会社 徳間書店

東京都港区芝大門二—二—二 〒105—8055

電話 編集〇三(五四〇三)四三五〇 販売〇四八(四五一)五九六〇

振替 〇〇一四〇—〇—四四三九二

印刷 製本 株式会社廣済堂

ISBN978-4-19-893259-6 (乱丁、落丁本はお取りかえいたします)

徳間文庫の好評既刊

長く冷たい眠り

北川歩実

突然かかってきた一本の電話。亡くなった兄・直道が生前入信していた新興宗教について聞きたいという。脳腫瘍で先が長くないと悟った彼は宗教に救いを求めたのだ。死の数日前、兄は僕に教団が冷凍睡眠の研究を進めていたことを明かしたが……。

熱い視線

北川歩実

日常のなかで、ふと感じる誰かの〝まなざし〟。もしも、それが悪意に満ちたものであったなら――？　ストーカーの監視に怯える女、人形の眼を作る男、犯罪の目撃者、身代わり受験をする男、予知夢を見る元人気女優……さまざまな〝まなざし〟が悲劇を呼ぶ。